Kater Tomash und seine neue Familie

Ein Märchen nicht nur für Erwachsene

Vorwort

Es war einmal… Ja, so könnte meine Geschichte auch beginnen, denn Märchen erzählen von wundersamen Begebenheiten, die es in diesem Buch reichlich gibt. Auch wurden phantastische Figuren eingebaut, die unter anderem wie Menschen denken und handeln. Damit es ein richtiges Märchen wird, bedarf es aber einer Menge Menschen, die es lesen und weiterverbreiten. Über die Handlung, kann gar nicht so viel gesprochen werden, denn das würde die Spannung aus dem Buch nehmen. Nur so viel: Ein kleiner Kater, der auf den Namen Tomash hört, verändert das Leben zweier Menschen, die eigentlich nur in Zamardi am Balaton in Ungarn Urlaub machen wollten. Einen realen Hintergrund erhält das Buch durch Reiseinformationen und Hintergrundinfos zum Thema Auswandern, welche vom Autor geschickt in die Story mit eingebaut wurden. Viel Spaß wünscht

Mario Naumann

1.Auflage November 2017
Copyright © 2017
Covergestaltung: BoD/Mario Naumann
Cover Fotos: Mario Naumann Lizensfrei PIXABAY
Mario Naumann – Hansestadt Rostock
mail: **naumann-mario@gmx.de**
http://biografie-parkinson.com
ISBN: 9783744890823
Herstellung & Verlag:
BoD - Books on Demand, Norderstedt

INHALTSVERZEICHNIS

Kapitel 1

Es war einmal im Jahre 2009, da trafen wir, die Eheleute Susanne und Mario Naumann die Endscheidung, nach Zamardi an den ungarischen Ballaton in den Urlaub zu fahren. Zamardi liegt am Südufer und ist nur drei Kilometer von der nächst größeren Stadt Siofok entfernt. Wir hatten dort ein Ferienhaus gemietet. Das Ferienhaus war nichts Besonderes, es war eine kleine Haushälfte, die uns die Vermieter zur Verfügung gestellt hatten. Das machten sie in jedem Sommer so, denn die Einnahmen, die durch die Vermietung erzielt wurden, brauchten sie zum täglichen Leben. Die Ungarn waren zwar gerade auf dem Weg in die EU, aber bei den kleinen Leuten, war zu dieser Zeit noch nichts angekommen.

Das Ferienhaus hatte zwei gemütlich eingerichtete Zimmer, eines davon war ein Schlafzimmer mit Doppelbett und einer aus den siebziger Jahren stammenden Schrankwand, in die wir unsere Kleider einsortierten, damit sie nicht auf Dauer im Koffer liegen mussten.

Das zweite große Zimmer diente als Wohnzimmer. Moderne Schränke aus dunklem Eichen-Holz standen an den Wänden und eine grüne, sehr bequeme Ledercouch diente mit dem goldenen Tisch, auf dem eine Glasplatte lag, als Zimmermittelpunkt. In der Ecke stand noch ein riesiger Flach TV der ersten Generation, der den Eindruck vermittelte, eine Brille aufsetzen zu müssen, damit man einen klaren Durchblick hat. Wir nutzten den Fernseher aber nur, um Nachrichten aus der Heimat zu empfangen. Wir waren nicht oft im Wohnzimmer, denn das meiste Leben spielte sich vor dem Ferienhaus ab. Hier hatte der Vermieter eine kleine Sitzecke eingerichtet, die auch mit Sonnenschirm am Tage genutzt werden konnte.

Manchmal frühstückten wir draußen an der frischen Luft. Wir nutzten die Sitzecke aber eher abends, tranken noch ein Schlückchen und hörten über einen kleinen österreichischen Radiosender, deutschsprachige Nachrichten und schöne Musik. Weil wir immer draußen saßen, lernten wir auch Tomash kennen.

Tomash war ein kleiner grauer Kater, der wahrscheinlich zum Haus gehörte. Wir haben erst später die wirkliche Geschichte von Tomash erfahren. Jetzt aber, war er einfach da.

Er war ein edles Tier, er war ein echter Kartäuser-Kater und das er was Besonderes war, schien er auch irgendwie zu wissen, denn er stolzierte überheblich schauend, wie der König aller Katzen, vor uns den Weg entlang. Ich hatte mein iPad mit und habe gleich erst einmal nachgesehen wer die Kartäuser sind und welche Charakterlichen Züge sie haben.

Ich erzählte Susi dann: „*Bei Kartäuser handelt es sich um eine sehr intelligente Rasse, die sich schnell an uns Menschen bindet und uns überall hin folgt. Deshalb und weil sie das nebenherlaufen erlernen kann und auch noch auf ihren Namen hört, macht die Kartäuser, bei uns Freunden der Felltiger so beliebt.*" Ich erzählte weiter: „*Sie sollen unwahrscheinlich Kinderlieb sein, sich sehr ruhig verhalten, und wie unser Max zu Hause, bis 18 Jahre alt werden*", erzählte ich weiter.

Um unseren Max kümmern sich Meike und Andi, zwei ganz liebe Freunde, die bei uns in der Nachbarschaft wohnen und auch einen Maincoon-Perser-Mix besutzen, der auf den Namen Fritz hört.

Am Anfang hatte Tomash noch ein wenig Respekt und hielt einen kleinen Abstand. Das legte sich aber ganz schnell, als seine kleine Nase, den Geruch von frisch aufgeschnittener ungarischer Salami entdeckte. Dann kam er ganz schnell näher, lief angeschmiegt kleine Achten um unsere Füße, um kurz danach auf den freien Stuhl in unserer Sitzecke zu springen und seinen kurzen Hals in Richtung Salami streckte. Der freie Stuhl stand genau zwischen Susi und mir. Er streckte den Kopf zur Salami, zog ihn wieder zurück, schaute nach links zu Susi, schaute nach rechts zu mir und miaute. Gerade so, als schien er zu fragen, ob er auch was von der leckeren Salami abhaben kann. Wir beide schauten uns dann fragend an. Es war ja eigentlich nicht unser Kater. Wir wussten ja nicht mal wie er wirklich hieß. Den Namen „Tomash" hat er von uns bekommen.

Als wir keinen auf dem Hof sahen, haben wir dem Kater eine Scheibe Bierschinken gegeben. Bierschinken deshalb, weil wir zu Hause mit Max gute Erfahrungen damit gemacht haben. Susi meinte, dass Bierschinken besser wäre, weil er nicht so doll gewürzt ist. Tomash bekam die Scheibe Bierschinken dann von uns und ist, so schnell wie ein Blitz, mit der Wurst im Maul, vom Stuhl gesprungen und damit im Gebüsch verschwunden. Es dauerte nicht mal eine Minute, da war er wieder da. Er sprang wieder auf seinen weißen Campingstuhl, leckte sich genüsslich sein Maul, sah uns wieder herzzerreißend an und Miaute. Ich glaubte, er hatte richtig dollen Hunger, denn jetzt begann das Spiel von neuem. Er verschwand wieder mit der Wurst im Gebüsch und saß nach kurzer Zeit wieder zwischen uns, sah uns wieder fragend an und Miaute, was wohl so viel hieß: *„Ich bin noch nicht satt, habt ihr noch was für mich?"* Das ging jetzt noch ein paar Mal so. Als er dann satt war, schlich er wieder um unsere Füße, sprang wieder hoch auf seinen Stuhl, kuschelte sich zusammen und schlief erst einmal eine Runde. Wir haben ihn dann erst einmal gestreichelt und mussten dabei feststellen, dass er sehr abgemagert war. Weil er aber, so ein dichtes Fell hatte, konnte man das so gar nicht sehen. Tomash tat uns leid.

Die Vermieter haben wir in diesen Zehn Tagen nur zweimal zu Gesicht bekommen. Einmal zur Schlüsselübergabe und einmal zwischendurch. Ich hätte wegen Tomash ein paar Fragen gehabt, aber wenn keiner da ist, kann man auch nicht Fragen. Am anderen Ende des Hofes war ein kleiner Durchgang, der zu einer kleinen Wohnung führte. Eigentlich war das aber auch nur eine ausgebaute Garage, in der eine Junggebliebene Schweizerin wohnte, die am Ballaton einige kleine Ferienimmobilien besaß und diese dann vermietete. Da wir jeden Abend im Garten in unserer Sitzecke saßen, eine Kleinigkeit gegessen haben und zu späterer Stunde auch einen Cuba Libre genießen konnten, waren wir präsent, denn jeder der vorbeikam, hat uns gesehen. die durchaus hübsche Schweizerin, die übrigens Emilia hieß, sah uns auch, gesellte sich zu uns und erzählte immer wiederholend, jeden Abend von den besseren Zeiten, die es im Vermietungsgewerbe in Ungarn am Ballaton, schon mal gegeben hat. Mal war es ein kurzes Gespräch, manchmal hatte sie aber auch Redebedarf und blieb bei ein bis zwei Gläsern Rotwein bei uns sitzen. So wie an diesem Abend. Sie erzählte dann, dass Deutsche und Österreichische Urlauber mehr und mehr wegbleiben würden, aber Neureiche Ungarn aus dem Gebiet Budapest jetzt mehr und mehr am Ballaton Urlaub machen würden. Für uns war das nichts Besonderes, denn Urlauber zog es auch bei uns in Deutschland, immer öfter an die Ostseeküste. Urlaub im eigenen Land zu machen, schien der generelle neue Trend zu sein, stellten wir gemeinsam fest. Als dann die hübsche

Schweizerin Tomash zwischen uns liegen sah, fing sie an zu lachen. Aber so laut, dass Tomash aufsprang und hinter der Hecke verschwunden ist. Sie erzählte dann, dass sie ihn schon vermisst hätte, denn immer, wenn sie vor ihrer Wohngarage saß, meist am Abend, hat sie ihm was zu fressen gegeben, aber seit zwei Tagen, wäre er nicht mehr da gewesen. Konnte er ja auch nicht, dachte ich.

Wir unterhielten uns noch ein wenig, es war schon dunkel, als sich die Schweizerin plötzlich verabschiedete. Sie erzählte, sie müsse dringend nach Hause fahren, weil Verhandlungen anstanden, bezüglich eines Hotelkaufs in Zürich. Wir verabschiedeten uns, wünschten uns gegenseitig alles Gute und es war auf einmal absolute Ruhe. Die Motten und andere fliegende Insekten umkreisten die Hof Lampe, die Grillen zirpten ein Gute Nacht Lied, ich schaute meine Frau an und wir sagten fast zur gleichen Zeit: „*Gott sei Dank*". Wir genossen noch eine halbe Stunde die ungarische Nachtstille und vermissten unseren neuen Freund, das erste Mal. Tomash ließ sich an diesem Abend nicht mehr sehen.

Wenn wir mal abends nicht draußen gesessen haben, dann waren wir oft in dem großen Csardas-Restaurant, unten an der Hauptstraße zu finden. Hier konnte man gut speisen und das Lokal, lud auch zum längeren Verweilen ein. Schattenspendende große Bäume standen vor dem Restaurant, die einerseits den Parkplatz vom Restaurant trennten und andererseits für eine schöne schattige Atmosphäre sorgten. Am zweiten Abend, nach dem wir Tomash kennen gelernt hatten, waren wir in dem großen Csardas Restaurant essen. Auf dem Weg dorthin sind wir gelaufen. Das waren vielleicht gerade mal zehn Minuten. Es war ein schöner Spaziergang, denn wir gingen durch das alte Dorf, mit den alten Stroh-Bedeckten Lehmhäusern, die weiß gekalkt waren und so richtig ur-ungarisch aussahen.

Jedes Haus besaß noch einen eigenen Brunnen, die alle denkmal-historisch wiederhergestellt waren und aus denen sogar Wasser geschöpft werden konnte.

Als ich gerade in einen Brunnen hineinschaute, sah ich mein Spiegelbild, aber nicht nur das, denn mittlerweile war Tomash auf den Rand gesprungen und guckte da jetzt mit einem langen Hals, genauso unwissend hinein, wie ich. Ich fragte Tomash: „Wo kommst du denn her?". Er antwortete nicht. Alles andere wäre auch ein Wunder gewesen, er schmieg sich aber an meinem linken Arm und schnurrte so laut wie er konnte. Ich streichelte ihn, wir küssten uns Nase an Nase und taten so, als hätten wir uns Wochenlang nicht gesehen. Dabei war er gerade mal einen Tag weg. Ganz genau genommen, war er nur zum Frühstück nicht da.

Da der Brunnen in Susi kein Interesse weckte, ging sie schon ein wenig voraus und wollte nach einem schönen freien Tisch Ausschau halten.

Tomash und ich haben uns dann auch auf den Weg gemacht und es sah so aus, als würde sich der kleine Kater auskennen, denn er lief nicht hinter mir her, es schien eher so, als würde er Gedanken lesen können und wissen wo ich hinwollte, denn er lief voraus.

Wir kamen dann im Restaurant an, aus dem Susi schon von weitem winkte. Von weitem sah der Tisch gut aus.

Sie hatte am Rand der Terrasse, wo die hohen Bäume standen, einen wirklich schönen Tisch für uns beide ausgesucht. Der Kellner stand gerade draußen, rauchte eine Zigarette und sah mir zu, wie ich versuchte Tomash klar zu machen, dass er nicht mit hineindarf. Er amüsierte sich und sah noch eine Weile zu, bis er irgendwann in gebrochenen, aber verständlichem Deutsch mitteilte, das der kleine Kater Tomash ist, den hier in der Gegend eigentlich jeder kennt und er mich sowieso nicht verstehen würde, denn der kleine Kater wäre ja schließlich Ungar. Tomash setzte sich vor die Tür, als wüsste er was jetzt kommt. Die Tür ging auf, der Kellner brachte eine kleine Schale mit Futter für Tomash und sagt mit einem Augenzwinkern: *„Na gehen sie zu ihrer Frau, ich passe auf Tomash auf".* Tomash hat wieder in sich hineingeschlungen, als hätte er schon ewige Zeiten nichts bekommen. Ich ging dann zum Tisch meiner Frau, setzte mich und dann fragte sie auch gleich, *„Wo bleibst du denn?"* Ich erzählte ihr darauf die ganze Geschichte mit dem Brunnen noch einmal. Wir schauten uns seelenverwandt an und mussten auf einmal lachen. Ich habe dann erst einmal die Speisenkarte studiert und dort gelesen: >>*Die Paprika Csarda befindet sich im Zentrum der Gemeinde Zamárdi, ca. 500 Meter vom Balaton entfernt. Sie finden Sie auf der Hauptstraße 7, von der Richtung Nagykanizsa nach der 2. Ampelkreuzung rechts.* <<

Weiter stand da: >>*Die Paprika Csardas wurde in Zamárdi vor 50 Jahren gebaut und eröffnet. Seit dieser Zeit erwartet Sie die Gäste.* << Schatz, hier sind wir richtig, glaube ich. Der Kellner kam und sagte: „*Ihrem Tamash geht es gut, aber was wollen gnädige Frau und gnädiger Herr denn speisen?*" Ich bestellte dann für uns Beide, jeweils ein Budapester Schnitzel, eine Cola und ein großes Gösser Pils. Der Kellner verschwand in der Küche, aus der er aber nach nur zwei Minuten, mit drei Palinka auf einem Tablet zurückkehrte und sagte: „*Wir müssen trinken auf Freundschaft, denn wer Freund von Tomash ist, ist auch Freund von Gabor*". Nach dem Gabor uns das du angeboten hat und wir ihm sagten, wie wir heißen, tranken wir den Palinka. Der schmeckte nach mehr und es sollten nach dem Essen, auch noch einige folgen. Wir aßen gerade unser Schnitzel, ich versuchte durch die Bäume zu sehen, als mir plötzlich vor Schreck, das Messer und die Gabel aus der Hand fielen. Denn Tomash saß da. Der kleine Kerl, muss wie ein Geist, ohne dass wir es bemerkt haben, den Baum hoch geschlichen sein um sich dort nieder zu legen und uns zu beobachten. Oder zu beschützen?

Ich lockte ihn durch leichtes klopfen auf der Mauer, mit der Hoffnung, er kommt vom Baum, um sich bei uns nieder zu lassen. Er wollte erst nicht, aber nach einem kleinen Zögern, hat er sich dann besonnen und legte sich auf die kleine Mauer, die unsere Terrasse umzäunte. Er lag jetzt wieder so nah, wir kamen nicht umhin, ihm wieder was von unserem leckeren Essen ab zu geben. Gabor, der Kellner, hatte natürlich die ganze Aktion beobachtet und hat erst unsere Teller abgeräumt, als Tomash satt war. Tomash schleckte sich wieder genüsslich seinen lächelnden Mund und als Gabor den Tisch leerräumte, blinkerte er mit einem Auge zu unserem Kellner, worauf Gabor zurück blinkerte. Offensichtlich kannten die beiden sich wirklich. Ich dachte nur, was wird hier eigentlich gespielt.

Der Abend neigte sich dem Ende, der Palinka zeigte seine Wirkung, als Tomash plötzlich aus seinem Ruhemodus erwachte und uns beide an miaute, als wolle er sagen: *„Eh, schert euch nach Hause, ihr habt genug getrunken"*. Wir haben dann bei Gabor bezahlt, schnell noch einen Palinka getrunken und sind dann losgegangen. Der Himmel zeigte seine totale Offenheit, denn Millionen Sterne waren zu sehen. Es war auch eine sogenannte Tropennacht. Es wurde also nicht frischer als 22°C. Die Menschen in Zamardi nutzten jetzt die etwas erträglicheren Temperaturen dazu, um sich noch auf der Straße die Füße zu vertreten. Als wir in unserem Ferienhaus ankamen, haben wir es uns in unserer Sitzecke gemütlich gemacht. Die anbrechende Nacht war viel zu schön um schon ins Bett zu gehen, von den aufgeheizten Räumen mal ganz abgesehen, gemütlich wäre etwas anderes gewesen.

Wir saßen also bei zirpenden Grillen und lauschten in die Nacht. Tomash hopste wieder auf seinen eigenen Campingstuhl und beobachtete uns.

Plötzlich war ein giftiges lautes Miauen zu hören. Tomash hob schlagartig seinen graublauen kleinen Kopf und seine Ohren drehten sich wie Radarschirme, denn das Geräusch, welches nichts Gutes erwarten ließ, war eindeutig ein Katergeräusch, welches zum Kampf aufrief. Das Geräusch kam näher und nun hielt es Tomash nicht mehr auf dem Platz. Susi ist ihm hinterhergerannt und hat versucht ihn aufzuhalten, was natürlich nicht zum Ziel führte. Im Gegenteil, weil es mittlerweile schon dunkel war, ist Susi über die Eisenstange der eisernen Torbefestigung gestolpert und hat sich eine Platzwunde an der Stirn geholt. Eigentlich wollte ich Tomash zur Hilfe eilen, musste mich aber jetzt erst einmal um Susi kümmern. Ich half ihr auf und stützte sie beim Gang in unser Ferienhaus, ohne den Revierkampf von Tomash und seinem Rivalen zu überhören.

Ich habe dann erst einmal einen Verbandskasten gesucht und ihn im

Schlafzimmer in der alten Schrankwand gefunden. Ich suchte ein Druckpflaster, reinigte die leicht klaffende Wunde mit ein wenig Jod, drückte das Pflaster auf die offene Stelle und umwickelte den Kopf mit einer weichen Mullbinde. Mittlerweile war es still geworden. Die beiden Kater hatten anscheinend ihren Revierkampf beendet. Für heute war erst einmal Ruhe.

Wir machten uns beide selbstverständlich sorgen. Ich holte mir noch ein kaltes Bier aus dem Kühlschrank, Susi rauchte noch ein paar Zigaretten, langsam wurde es auch schon wieder hell, wir wollten gerade ins Bett gehen, als Tomash sich langsam unter dem Eisernen Hoftor durchdrängelte und ganz langsam humpelnd, wie ein Krieger aus der Schlacht kommend, den Weg nach Hause fand. Ich ging ihm entgegen und merkte gleich, da stimmt etwas nicht. Sein rechter Hinterlauf hatte eine klaffende und blutende Bisswunde und seine kleine Gumminase hat auch einen heftigen Schlag abbekommen. Sie blutete auch. Ich hob ihn hoch und trug ihn dann schnell in unsere kleine Küche.

Er war doch stärker verletzt als wir dachten. Es war unter seinem dichten

Kartäuserfell zuerst nicht richtig zu erkennen, aber sein Revierkampfgegner hat ihm doch mehr zugesetzt als wir dachten. Wir haben ihm dann mit lauwarmen Wasser die Wunde gereinigt, ihm auch so einen schönen Druckverband gesetzt und seinen linken Hinterlauf dann mit einer Mullbinde umwickelt. Er konnte sich zuerst nicht daran gewöhnen, denn er versuchte durch ständiges lecken, den Wundverband zu entfernen. Mittlerweile war es jetzt schon richtig hell, denn die Sonne hatte sich am ungarischen Horizont schon fast aus der Versenkung geschraubt. Wir haben uns dann aber doch noch einmal ins Bett gelegt. Tomash haben wir mitgenommen. Er bekam eine weiche Decke untergelegt und eh wir uns versahen, war der kleine Kerl vor Erschöpfung eingeschlafen.

Jetzt hatte ich zwei verletzte Lieblinge neben mir liegen, ich musste mir sogar das Lachen verkneifen. Tomash hat sogar schon wieder ein bisschen geschnurrt, sodass wir durch das schnurren, auch noch mal eingeschlafen sind.

Nach zwei Stunden, es war jetzt schon halb acht, bin ich wieder wach geworden.

Ich habe mich langsam aus dem Bett geschlichen, habe mir das zerschlissene alte ungarische Telefonbuch zur Hand genommen und eine Arztpraxis gesucht. Eigentlich habe ich zwei Arztpraxen gesucht, eine für meine Frau und eine für Tomash. Ich habe noch einmal einen Blick ins Schlafzimmer geworfen und als ich die beiden verletzten da so liegen sah, sind mir ein paar kleine Tränen entwichen.

Sie sahen ja beide so aus, als wären sie in Ordnung, aber es hätte sich was infizieren können und das Risiko wollte ich nicht eingehen.

Ich wusste gar nicht so recht wo ich suchen sollte. Da ungarisch eine schwere Sprache ist, kam ich mit dem Wort Doktor oder Doctore usw. nicht weit. Ich musste unser kleines Wörterbuch zu Hilfe nehmen, welches wir vor unserer Reise, glücklicherweise noch gekauft haben.

Ich wurde ziemlich schnell fündig. Eine Arztpraxis für Susi fand ich gleich hier in Zamardi. Allgemeinmediziner nennen sich in Ungarn Általános Orvostudományi, was kaum auszusprechen ist. Der Tierarzt war nicht weniger schwierig auszusprechen, man ging zum Állatorvos az állatok számára.

Plötzlich wehte ein Hauch von frischem Kaffee durch meine Nase. Ich war bei dem Suchen nach einer Adresse wieder eSusischlafen, Susi hat mich schlafen lassen und Frühstück gemacht. Sie hat aus der Küche leise gerufen, dass sie für jeden eine ungarische Maisbrotstulle fertig macht und sie ins Wohnzimmer bringt. Ich reckelte mich auf meinem weichen Sessel und spürte was felliges an meinem Arm. Susi kam mit dem Frühstückstablett ins Wohnzimmer, sah uns und sagte: „*Tomash sitzt schon ganz lange bei dir*" und stellte das Frühstück auf den Tisch. Ich sah Susi an und fragte sie: „Warum trägst du denn hier im Haus eine Sonnenbrille?" Sie nahm die Sonnenbrille ab und ich sah das Maleur. Sie hatte ein handfestes und kunterbuntes Pfeilchen. Weiter erzählte sie mir, sie habe auch hammerharte Kopfschmerzen und wolle in die Apotheke gehen um Kopfschmerztabletten zu holen. Ich sagte ihr, dass ich einen beseren Vorschlag habe und berichtete von meinem Vorhaben, mit beiden zum Arzt zu fahren. Ich wusste schon was kommt. Natürlich war das alles nicht nötig und was sollen denn die Leute denken, wenn man sie so sehen würde. Ich hatte nicht oft die chance mich durchzusetzen, aber dieses mal machte ich es. Selbst Tomash schien zu nicken, als ich ihn fragte, ob er wenigstens mit mir zum Tierarzt gehen will. Auch sein Verband hat er tapfer dran gelassen. Überhaupt, war es ein starkes und mutiges kleines Kerlchen. Ich musste immerzu an unseren Max zu Hause denken, der solche Auseinandersetzungen mit seinen Artgenossen überhaupt nicht kannte, denn er lebte bei uns in der Wohnung und wusste nichts von den alltäglichen Gefahren, die ihm draußen widerfahren könnten.

Nach dem Frühstück sind wir losgefahren. Wir hatten erst bedenken, dass Tomash nicht ins Auto will, was sich allerdings als unbegründet herausstellen sollte. Ich hatte die Klappe hinten am Passat noch garnicht richtig auf, da saß er schon drinnen und miaute vor Freude.

Wir fuhren zuerst zum ortsansäßigen Landarzt, der Susis Wunde neu versorgte und ihr Tabletten gegen eine eventuelle

Wundinfektion und gegen ihre Kopfschmerzen verschrieben hat. Die Wunde sah heute vormittag, gar nicht mehr so schlimm aus. Der Landarzt beruhigte Susi auch dahingehend und sagte ihr, dass keine Narbe bleiben wird, nur Geduld müsse sie haben. Gegen die bunten Pfeilchen im Gesicht half allerdings nur die Zeit und glücklicherweise, die sehr großen Sonnenbrillen, die gerade in Mode kamen.

In der Zeit, wo ich auf Susi wartete, ging es Tomash schon wieder ganz gut, denn er untersuchte jetzt das ganze Auto. Er kletterte überall herum, roch überall herum, bis er bei Susi auf dem Beifahrersitz zur Ruhe kam. Plötzlich sprang er hoch und versuchte den Traumfänger zu fangen, den wir von unserer Freundin Meike, geschenkt bekommen hatten und der sich jetzt im Wind der Autolüftung bewegte. Er hing aber viel zu hoch, da ich ihn am Rückspiegel befestigt hatte. Zusätzlich war seine doch noch eSusischränkte Bewegungsfreiheit mit dafür verantwortlich, dass der Traumfänger da blieb, wo er hingehörte.

Susi kam vom Landarzt wieder raus und wir sind weiter gefahren in Richtung Tierarzt. Ich wusste nicht wo der Tierarzt seine Praxis hatte, also gab ich die Adresse in mein Navigationsgerät ein, ohne zu ahnen wo uns der kleine Computer hinführen sollte. ESusigeben habe ich die Straße: Üt a állatmenhely. Wir mussten durch ganz Siofok fahren, kamen an einen kleinen See und standen nichts ahnend, plötzlich vor einem großen Schild, wo unter anderem auch in Deutscher Sprache geschrieben stand: Willkommen im Balaton-Tierheim. Tomash schaute zwischen den Vordersitzen nach vorn, schaute Susi an und schaute mich an. Wir waren beide ganz ruhig und ich glaube Tomash konnte mal wieder Gedanken lesen, denn er zog sein kleines Kartäuserköpfchen, wie bei einer Schildkröte ein und versteckte sich auf der Rückbank unter einer Decke. Dabei wollten wir ihn doch gar nicht abgeben, er schien aber zu spüren. Irgend etwas passiert jetzt.

Wir sind dann ganz langsam auf den Parkplatz gerollt und konnten erst jetzt sehen, wie groß das Areal dieses Tierheimes war. Überall standen Schilder, worauf in deutscher Sprache dafür geworben wurde, Tiere aus dem Heim billig auszulösen um sie nach Beendigung des Urlaubes mit nach Hause nehmen zu können. Ich machte erst einmal den Vorschlag, alleine hinein zu gehen. Als ich mich abschnallte habe ich Tomash beobachtet, wie er sich jetzt noch tiefer in seine Decke eSusigraben hat. Ich machte hinter mir die Rücktür auf und kuschelte mich ein klein wenig zu Tomash. Ich tröstete ihn, sprach und beruhigte ihn, wie ein kleines Baby. Aber alles was ich sah waren verängstigte Augen. Ich streichelte ihn noch mal und bin dann erst einmal allein in das Tierheim gegangen.

Auf dem Hof sah alles noch ganz gut aus, als ich jedoch durch die Eingangstür ging, die auch schon bessere Zeiten gesehen hatte und mehr aus Pappe und Holz zusammen genagelt war, als von Schrauben und Glas, wie ursprünglich dafür vorgesehen war und ich den stechenden und beißenden Geruch war nahm, wollte ich eigentlich sofort wieder gehen. Das muss eine junge Frau mitbekommen haben, die sofort, in einem verständlichen deutsch zu mir sagte: „*Bitte bleiben sie, gehen sie nicht wieder weg. Womit kann ich ihnen denn helfen?.*" Sie kam dann auf mich zu und stellte sich erst einmal mit Frau Dr. Judith Ferenschzö vor. Ich fragte sie, warum sie so gut Deutsch sprechen kann, worauf sie antwortete, dass sie in Berlin Veterinär-Medizin studiert hatt und einen deutschen Mann mit nach Ungarn zurück gebracht hat. „*Nun aber zu ihnen, sie sind doch nicht hergekommen um meine Geschichte zu erfahren, oder?*" sagte sie schroff. Daraufhin erzählte ich ihr von dem kleinen Kartäuser Kater. „Und wo ist er?" fragte sie wieder schroff, aber mit einem Augenzwinkern. „Ich hole ihn" sagte ich zu

Ihr. Ich ging zum Auto, machte die Tür im Auto auf und wollte Tomash nehmen und ihn zu der Tierärztin brSusin. Tomash war aber nicht da. Ich fragte Susi, ob sie mal die Tür aufgemacht hat, was sie verneinte. Wir suchten dann überall, bis wir ihn unter Susis Sitz gefunden haben. Er hatte sich in die äußerste Ecke verkrümelt. Ich nahm ihn ganz behutsam auf den Arm und spürte durch meine Jeansjacke, wie das kleine Herzchen von Tomash vor Angst bubberte. Ich trug ihn hinein, wo ihn die

Tierärztin gleich entgegen nahm. Als sie ihn auf dem Arm hatte und er über ihre Schulter schaute, hatte er wieder diesen Blick, voller Angst und dem Tod geweiht. Dabei wollten wir dem armen kleinen Tomash doch nur helfen.

Die Tierärztin machte den Verband ab, dem ich ihm verpasst hatte und lobte mich, denn anscheinend hatte ich das gar nicht so falsch gemacht. Susi und ich haben ihn festgehalten, während die Ärztin den Druckverband löste. Ich hatte angenommen, dass jetzt alles verschmiert sei, dem war aber nicht so. Es war eine völlig trockene Wunde, die nur noch heilen muss. *„Oh, da brauchen wir ja keinen Verband mehr draufmachen. Da bekommt der kleine Tomash jetzt eine schöne Halskrause um, und in ein paar Tagen ist die Katzen Welt wieder in Ordnung"*, sagte die Tierärztin. Tomash bekam jetzt tatsächlich so einen komischen Trichter um den Hals gebunden, den er nun überhaupt nicht leiden konnte. Noch auf dem Behandlungstisch versuchte er sich dem Ding zu entledigen und drehte sich dabei wie ein Kreisel. Das sah aus als wenn er sich in den eigenen Schwanz beißen wollte und ihn aber nie zu fassen bekam. Susi beruhigte den kleinen Tomash, streichelte ihn und brachte ihn zum Auto, denn die Tierärztin wollte uns noch etwas zeigen.

Sie führte uns dann noch ein wenig durch die Räumlichkeiten des Tierheimes und zeigte uns auch die vielen Hundezwinger und Katzenboxen. Ihr schien das wohl etwas peinlich zu sein, denn sie war auf einmal ganz ruhig. Sie brauchte auch nicht viel sagen, die Bilder sprachen für sich. Es war an allen Stellen zu sehen, das Geld fehlte. Sie hat sich auch für den Geruch entschuldigt, der aber nicht, wie wir jetzt gesehen haben, von der Verschmutzung der Anlage kam, sondern es war eine schlichte Rohrverstopfung in der Kanalisation. Denn an der Sauberkeit konnte es auch nicht liegen, denn wie wir jetzt sehen konnten, hatten es die Tiere nicht schön, aber wenigstens sauber. Am meisten schockierten mich die traurigen Blicke der vielen Hunde, die hier unübersehbar in der Mehrzahl waren und auch von Katzengröße bis hin zum halben Kalb hier auf die Gnade Gottes warteten.

Ganz am Ende zeigte Judith uns eine neue Anlage für kleine Hunde, die nicht allein gehalten wurden und auch noch nicht lange da waren. Sie erzählte uns, dass die Hunde, die erst kurze Zeit im Tierheim leben, eine größere Chance haben, vermittelt zu werden. Sie wären dann auch noch nicht verhaltensauffällig und könnten in kleinen Rudeln zusammenleben. Judith erzählte dann, dass sie eine neue schicke Anlage bauen mussten, damit überhaupt noch Leute kommen, um sich eventuell einen kleinen Hund mit nach Österreich oder Deutschland zu nehmen. Werden die Hunde erst einmal Verhaltensauffällig und müssen alleine gehalten werden, ist eigentlich ihr Schicksal besiegelt. Sie sind dann eigentlich nicht mehr in einem Tierheim, sondern auf einem Knadenhof, der selbst für Kleinigkeiten auf Spenden angewiesen ist.

Sie erzählte uns dann, dass in Ungarn, sowie auch in anderen Ostblockländern, die Haustiere einen ganz anderen Stellenwert haben, als wir es von Deutschland her kennen. Sie erzählte weiter, dass in Ungarn die Tiere zum großen Teil, zur Pflichterfüllung gehalten werden.

Ein Kaninchen, erzählt sie, wird nicht in der Wohnung gehalten, damit die kleinen Mädchen damit spielen können. Ein Kaninchen wird in der Regel gefüttert, um es irgendwann zu schlachten. Ein Hund wird an der Kette gehalten um den Besitzer zu warnen, wenn fremde Menschen den Hof betreten. Und eine Katze kann man vielleicht noch niedlich finden, aber gehalten und einen Schlafplatz gibt man ihr meist nur, wenn sie Mäuse fängt und Ratten vertreibt. Erfüllen sie die Vorstellungen ihrer Besitzer nicht, werden sie oft getötet. Wenn sie Glück haben, werden sie einfach ausgesetzt, streunen in der Gegend umher und verhungern auch nur nicht, weil oft Touristen ihnen etwas zu fressen geben oder ins Tierheim bringen, erzählte uns die Tierärztin. Man dürfe jetzt aber die Menschen auch nicht deswegen verteufeln, sie kennen es nicht anders und so langsam beginnt auch ein Umdenken, was den Umgang mit Tieren angeht, erzählte sie weiter.

Susi gab zu bedenken, dass es vor gar nicht allzu langer Zeit, bei uns in Deutschland nicht viel anders war. Denn noch vor ein paar Jahren hielten in dem kleinen Dorf, wo sie groß geworden ist, die Kleinbauern ihre Hunde auch noch an Ketten. Und in der LPG gab man den Katzen Milch, damit sie bleiben und Mäuse fangen.

Die Tierärztin bot uns dann völlig überraschen das Du an, was wir auch gleich annahmen. Sie lud uns dann noch für den Abend zu sich nach Hause ein und nachdem wir gleich zugesagt hatten, schrieb sie ihre Adresse auf einen kleinen Zettel, gab ihn Susi, die ihn gleich in ihre Tasche steckte. Judith erwähnte dann noch einmal ihren Klaus, der sich sicherlich auch auf den Abend freuen wird. Ich dachte sie kommt gar nicht mehr zum Ende, fand den Vorschlag, sich Abend noch einmal zu treffen, aber gut. Ich hatte zwar den Eindruck, als wollte Judith uns noch etwas sagen, aber ich muss mich geirrt haben, denn sie blieb unerwartet still. Wir verabschiedeten uns dann nach einer nicht enden wollenden Abschied

Szene und fuhren, mit tausend neuen Eindrücken in unser Ferienhaus zurück. Tomash haben wir dann aus dem Auto tragen müssen und haben ihn wieder auf die weiche Decke gelegt, damit er weiterschlafen konnte. Er kämpfte zwar noch mit dem kleinen Trichter, den Judith ihr um des Hals gebunden hat, aber die Erlebnisse waren für ihn so Kräftezehrend, dass er gleich wieder eingeschlafen ist.

Wir machten uns erst einmal eine Kleinigkeit zu Essen, welches aber nur aus einem belegten Brötchen bestand und einer kalten Cola, denn es war mittlerweile Mittag und die Temperaturen lagen schon wieder bei knapp 25°C im Schatten. Wir machten uns natürlich unsere Gedanken, bezüglich des Treffens an diesem Abend und auch bezüglich der vielen traurigen Erlebnisse an diesem Vormittag.

Ich glaubte, Judith war richtig froh, mal wieder jemand getroffen zu haben, der genauso Tierbekloppt ist, wie sie es selber war. Wir waren uns beide aber auch einig, soviel Engagement für ein Tierheim aufzubringen, welches nur Geld verschlingt und jeden Tag solch einen traurigen Anblick bietet, wie wir heute erlebt haben, da fiel uns nur ein Wort ein, das ist RESPEKT.

Wir haben dann beschlossen den kleinen Tomash in der Wohnung, beziehungsweise in der Veranda allein zulassen. Ich habe ihm aus einer großen Schale, die ich mit Sand aufgefüllt habe, eine improvisierte Katzentoilette gebaut und Susi hat ihm aus Wurstresten und weichem Brot, ein schönes Essen gezaubert. Eine große Schale mit Wasser haben wir ihm auf Grund der Temperaturen auch noch hingestellt und sind dann, weil es auf dem Weg lag noch in die Innenstadt von Siofok gefahren um uns ein paar Sehenswürdigkeiten anzuschauen oder vielleicht auch nur erst einmal Informationen einzuholen.

Wir sind am frühen Nachmittag in das Zentrum von Siofok gefahren und haben am zentralen Parkplatz ein Informationshäuschen gefunden, welches uns schon ein ganzes Stückchen weitergeholfen hat. Dort haben wir erfahren, das Siofok die eigentliche Hauptstadt vom Balaton ist und hier ohne Touristen 24.000 Menschen leben.

Siofok erstreckt sich auf 15 Kilometern am Südufer des Balatons entlang wo sich Cafés, Restaurants und Diskotheken, wie an einer Perlenschnur aufgefädelt, aneinanderreihen. Schön sind die vielen im Sommer sattfindenden OpenAir Veranstaltungen, sowie die legendären Beachpartys.

Als zentraler Mittelpunkt von Siofok ist der Wasserturm zu betrachten, der auf dem Szabadsag ter errichtet wurde. Auch sollte man unbedingt das Joszef-Beszedes Museum, an der Siobrücke besuchen. Hier kann man etwas über die Geschichte vom Balaton erfahren.

Sehenswert ist auch der schon angesprochene Stadt-Hafen sowie das Meteorologische Observatorium, welches wichtig ist, weil von da aus, das gesamte Balaton Gebiet die Sturmwarnungen erhält.

Susi und ich haben uns dann noch in eine richtig schicke Sky Bar gesetzt, die zwar draußen war, aber aussah wie drinnen, nur dass es kein Dach gab. Irgendwie skurril, aber schick. Susi erwähnte noch unsere Vergesslichkeit, denn wir wollten noch ein kleines Geschenk mit zu Judith und Klaus nehmen. Da auch die Geschäfte in Ungarn nicht unbegrenzt geöffnet haben, mussten wir uns beeilen. Wir stürzten unseren Cappuccino hinter, eilten zum Auto und gaben die Adresse ein, die Judith auf einen kleinen Zettel geschrieben hat. Wir stellten fest, wir brauchten nur noch knapp sieben Kilometer fahren und da unser Navigationsgerät auch die auf dem Weg kommenden Supermärkte anzeigte, mussten wir uns jetzt für Billie Billig entscheiden, oder für die Filiale der Kette, wo es all die schönen Sachen gibt.

Wir entschieden uns für Billie Billig, wo wir eine Flasche amerikanischen Bourbon und eine Flasche Sekt kauften. Wir haben sie noch ein wenig eingewickelt und jeweils ein kleines band drumherum gewickelt und dann ging es los.

Ich habe die Adresse in unser Navigationsgerät eingegeben, welches uns dann mitteilte, dass unser Ziel auf einer nichtbefahrbaren Straße endet. Susi war der Meinung, wir sollten erst einmal losfahren, laufen können wir dann immer noch. Also sind wir losgefahren, es dauerte auch nicht lange, da führte uns das Navigationsgerät immer dichter zum Balaton hin. Es waren links Häuser zu sehen und dahinter war gleich der Plattensee, wie der Balaton auch genannt wird. Plötzlich war der Weg zu Ende, man sah in der Entfernung zwei oder drei Häuschen, die nur auf einem fast von Gras zugewachsenen Feldweg, erreicht werden konnten. Also versuchten wir es und haben uns auf dem Feldweg ordentlich durchschütteln lassen. Wie sich herausstellte waren es zwei Häuser, nicht sehr groß, aber mit direktem Strandzugang. Wir stiegen aus und klingelten an einem großen Holztor, welches wie aus Lehmziegel geformt und mit Stroh bedeckt, den Anschein erweckte, dass es eine uralte, aus dem Mittelalter stammende Toreinfahrt ist. Später wurde uns erzählt, dass Klaus das selber erst fertig gestellt hat.

Unser Klingeln wurde erhört. Eine schon aus weiter Entfernung zu vernehmende Stimme rief laut *„Hallo, bin schon da"* Im selben Moment machte Judith das Tor auf und begrüßte uns mit Küsschen und dicker Umärmelung. Dann sagte sie mit traurigem Ton in der Stimme: *„Bevor wir jetzt reingehen, muss ich euch etwas sagen. Klaus gibt es gar nicht. Ich hatte Angst, ihr würdet wieder abspringen, wenn ich sage, dass ich mit einer Frau zusammenlebe."* Sie schien, als der Satz endlich raus war, erleichtert zu sein. Wir sagten ihr dann, dass wir damit überhaupt kein Problem haben und sie bräuchte sich deswegen keine Gedanken machen. Judith ging im kurzgehaltenen Sommergras voraus und brachte uns zu einer idyllischen Rattan-Sitzecke von wo man aus den Ballaton sehen konnte und nicht nur das, man konnte, wenn man wollte auch direkt von einem Steg in das Wasser springen. Gleich hinter einer kleinen Sichtschutzwand und von einem Bambus versteckt stand Sie wie eine Wand. Judith stellte uns ihre Partnerin vor und sagte: „Das ist Barbara und das sind Susi und Mario, von denen ich Dir erzählt habe" Ein freundliches Küsschen über die Schulter folgte und ich sagte dann, mit meinem oft vorlauten Mundwerk zu Barbara: „hallo Babsi", merkte aber gleich, das war jetzt daneben, denn Barbara war fast 2 Meter groß und auch von kräftiger Statur. Aber Babsi fing an zu lachen und sagte: *„Du bist gut drauf"* und haute mir mit einem freundlich gemeinten Schlag auf die Schulter. Ich durfte dann trotzdem bei Babsi bleiben, obwohl es auf Grund der Statur nicht passte und Susis Blick andeutete, dass sie es auch nicht wollte.

Wir haben dann die Geschenke übergeben und dachten nach der unvorbereiteten Änderung, wir würden damit jetzt völlig danebenliegen, dachten wir aber auch nur, denn Judith und Babsi freuten sich und Babsi sagte sogar: *„Na da habt ihr aber voll ins Schwarze getroffen, aber ihr entschuldigt mich, ich muss mich um den Fisch kümmern, den ich übrigens heute Mittag, selbst noch gefangen habe"*. Sagte und verschwand um die Ecke zum Grill. Judith kümmerte sich um die Getränke und wir kamen nicht drumherum, sie zu diesem zauberhaften Grundstück zu gratulieren. Judith erklärte dann, ihre Eltern würden nebenan wohnen und dass dieses Grundstück auch schon in ewigem Familienbesitz ist. Ihre Eltern wollten eigentlich ein Ferienhaus bauen um es dann zu vermieten. Die Behörden hatten es aber abgelehnt, weil kein offizieller

Zugang besteht, erzählte sie weiter. Ich fragte dann: *„ja und Ihr, müsst doch auch ohne Weg zum Haus kommen."* Darauf sagte Judith: „Als Wohnhaus haben wir eine Genehmigung bekommen". Im weiteren Verlauf kam dann heraus, dass sie deswegen zurück nach Ungarn gezogen sind. Sie braucht fast keine Miete bezahlen und kann sich deswegen auch noch um das Tierheim kümmern. Sie arbeitete noch als Tierärztin in Siofok, aber nur sechs Stunden und kümmert sich dann um die kranken Tiere im Tierheim. Zwischenzeitlich kam Babsi mit einer großen Platte, von der ein wunderbarer Geruch von frisch geräucherten Fisch in die Nase zog. Babsi sagte das wäre Zander und wir sollen ruhig zuschlagen, es gäbe noch mehr, denn sie hätte heute Glück gehabt und drei ordentliche Exemplare gefangen. Judith und Susi holten noch Baguette und frisch angerichteten Salat, während Babsi und ich einen ersten Bourbon aus seiner Sammlung tranken. Dazu gab es ein herrlich kaltes Tschechisches Budweiser Pils. Als Susi mit dem Salat kam und den Bourbon sah, fuhr der Zorn in ihr Gesicht: „Und wer soll nach Hause fahren?" Bevor die Sache eskalierte, sagte Judith: „Na ihr schlaft doch hier bei uns, wir haben ein kleines aber gemütliches Gästezimmer." Susi darauf, immer noch böse schauend: „Und wer kümmert sich um Tomash?" „Na der hat eine große Schale mit Wasser und Futter bekommen, das sollte reichen." Erklärte ich dann zur Befriedung der angespannten Lage. Susi war dann spätestens nach dem ersten Cuba Libre, den sie mit Judith trank, auch davon überzeugt, lieber hier zu bleiben und den Abend gemeinsam zu genießen.

Während des leckeren Essens erzählte Babsi von Ihrer Arbeit. Unter anderem davon, dass sie auch in Berlin studierte und auch einen Abschluss in Bautechnik und Ingenieurwesen, sowie im Denkmalschutz gemacht hat. Weiter erzählte sie, es war aber keine adäquate Anstellung zu finden und wenn, hat man sie als Frau nicht ernst genommen. Judith erzählte dann von dem Angebot ihrer Eltern, in das Haus zu ziehen und da Babsi zu der Zeit gerade keinen Job hatte haben sie vor drei Jahren den Entschluss gefasst nach Ungarn zu ziehen. Babsi hat ein Gewerbe angemeldet und arbeitet als mobiler Hausmeister Service und repariert alles was anfällt. *„Es läuft ganz gut"*, erzählte dann Babsi weiter und betonte: *„, weil hier am Balaton sehr viele deutsch sprechen und deutsche Handwerker auch in Ungarn gefragt sind, gibt es immer etwas zu tun"*. *„Wenn mal ein wenig Luft und Geld übrig sind"*, erzählte sie weiter, *„dann baue ich am Haus, wie unschwer am Tor zu erkennen ist. Und wenn dann noch Zeit ist, baue und helfe ich im Tierheim."* Jetzt wollten Babsi und Judith aber auch wissen was wir machen. Wir erzählten, dass es nichts Spektakuläres sei, denn Susi arbeitet in einem Modeschmuckgeschäft und ich arbeite als Vertreter für Naturstein Produkte im Außendienst.

Mittlerweile waren wir beim dritten Bourbon und beim dritten Bier. Babsi machte dann auch noch ein bisschen Werbung für den Angelurlaub am Balaton.

Sie erzählte schon mit einer etwas lockeren Stimme: *„Der ungarische Balaton ist jedes Jahr ein beliebtes Reiseziel für Badeurlauber und Camper, aber auch für*

Angelnde Urlauber, hat er viel zu bieten. Wegen einer Wassertiefe von bis zu 3 Metern und dem daraus resultierenden warmen Wasser, findet man am Balaton nicht jede Fischart, jedoch über 40 Arten von ganz tollen Fisch." Wir waren mucksmäuschenstill und hörten Babsi weiter zu. „Wenn der Angelurlaub gelingen soll, musst du unbedingt ein Ferienhaus mit einem Steg anmieten. Wenn du keinen direkten Steg findest, dann sollten es wenigstens sehr kurze Anfahrtswege sein. Die Halbinsel Tihany ist zum Angeln am besten geeignet. In den letzten Jahren hat sich der Fischbestand durch zahlreiche illegale Fischer und Angler entsprechend vermindert, mit etwas Geduld und Ausdauer, kann aber immer noch den ein oder anderen Fang machen". „So wie du heute". sagt ich und wir hatten wieder einen Grund anzustoßen. Babsi aber ließ sich nicht unterbrechen und erzählte weiter: „Die Nordseite ist für einen Anglerurlaub besser geeignet als die Südseite des Balatons. Wer an den Ufern kein Glück hat, kann einige der privaten Fischteiche aufsuchen, die mit Fischbestand neu bestückt werden. Beim Rausgehen wird der gefangene Fisch *gewogen und erst dann bezahlt.*" Ich erwähnte dann noch, wer nicht Angeln kann, der muss dann in ein Fischgeschäft gehen. Die Anspannung legte sich und die Stimmung wurde auch wieder lockerer. Babsi hatte den Vortrag etwas zu trocken rübergebracht, aber interessant war er allemal.

Wir hatten gar nicht gemerkt, wie es langsam dunkel wurde. Bewusst wurde es uns erst, als Judith mit einer Fackel kam und damit die anderen Fackeln, die in der Erde der Blumenschalen steckten, anzündete. Ich habe dann festgestellt, dass es noch genau dieselben Fackeln sind, wie wir sie damals in der DDR benutzt haben. Susi nickte und Judith und Babsi wiesen darauf hin, sie wären damals noch zu jung gewesen, um sich daran zu erinnern. Mittlerweile war es kurz vor 23:00 Uhr und es war noch wunderbar warm draußen. Durch den Alkoholkonsum kam ich aus dem Schwitzen gar nicht mehr raus. Ich wischte mir den Schweiß mit einer Serviette von der Stirn, was Judith dazu bewog uns jetzt alle zu einem Sprung in den Balaton einzuladen. Susi zierte sich genauso wie ich, aber letzten Endes, stimmten wir doch zu. Wir sind dann zum Steg gegangen, haben uns entkleidet und sind einfach mal so in den Balaton gesprungen. Es war herrlich frisch und angenehm. Judith ist zuerst aus dem Wasser gesprungen und hat für uns alle einen Bademantel geholt. Sie erzählte später, sie hätte die Bademäntel aus einem in Konkurs gegangenen Hotel, in dem ihre Mutter gearbeitet hat. Super dachte ich, hat der Konkurs ja noch was Positives gebracht.

Wir haben uns dann noch einmal hingesetzt, haben noch einen letzten Drink genommen und haben den Abend noch einmal Revue passieren lassen. Judith kam noch einmal auf das Tierheim zu sprechen und fragte uns, ob wir nicht wissen, wie man das Heim besser unterstützen kann. Ich machte ihr den Vorschlag, dass wir uns Gedanken machen und dass es auch in unserem Interesse liegt, wenn die armen Tiere Unterstützung bekommen. Das geht aber von Deutschland aus besser, erklärten wir ihr. Mittlerweile war es auch schon 01:00 Uhr morgens und da es ein aufregender Tag war, wurden die Augen bei uns allen kleiner. Wir räumten noch schnell den

Tisch mit ab, Babsi zeigte uns das Gästezimmer und Susi und ich sind sofort eingeschlafen.

Es war so gegen 05:00 Uhr, ich wollte mal auf die Toilette, musste am Wohnzimmer vorbei, von wo es auf die Terrasse ging. Erst auf dem Rückweg sah ich, von der Rattan-Sitzecke, weißen Rauch aufsteigen. Ich ging dem Qualm entgegen und sah Babsi sitzen, wie sie gerade genüsslich einen Joint rauchte. Sie fragte mich mit traurigem Unterton, ob ich mal ziehen möchte, was ich dann auch tat. Ich fragte sie, ob sie nicht schlafen kann, darauf erzählte sie, dass sie sich wegen Judith Sorgen macht, weil sie sich in das Projekt „Tierheim" so hineinsteigert. Judith würde so viel Energie für das Heim opfern, dass es an ihre Substanz geht, erzählte Barbara weiter. Wenn wenigstens genug Sponsoren da wären, aber auch daran fehlt es. Babsi machte sich ernsthaft Sorgen, dass sie sich etwas antut, wenn das Tierheim geschlossen werden muss. Und danach sieht es zurzeit aus, erzählte sie unter Tränen weiter. Ich nahm Babsi dann in den Arm und versuchte sie zu trösten. Das gelang auch, bis Judith und Susi hinter uns standen.

Ein lautes: „Was ist denn hier los", störte unsere tröstende Umärmelung. Jetzt bloß keine Eifersuchtsszene, dachte ich. In dem Moment als ich es dachte, fiel sie aber schon über uns her. Susi hat die Situation erkannt, war aber darüber geschockt, wie sie mir später erzählt hat, dass Drogen im Spiel waren. Judith hat sich nach einer kurzen Zeit des Wütend seins, wieder in den Griff bekommen, ging in die Küche und kam mit vier Tassen Kaffee wieder zurück. Wir sind dann aber alle noch einmal in unsere Betten gegrabbelt und haben uns alle gegen 09:00 Uhr zum gemeinsamen Frühstück, wieder getroffen. Wir haben alle mit angepackt und in kürzester Zeit, haben wir am Tisch gesessen und gefrühstückt. Wir haben uns danach relativ schnell verabschiedet und haben uns versprochen, dass wir uns noch einmal wiedersehen werden. Ich glaube die beiden hatten an diesem Vormittag noch eine tierische Auseinandersetzung, was die Eifersuchtsszene betraf, denn wir saßen noch gar nicht richtig im Auto da hörten wir Judith, mit ihrem ungarischen Blut laut schimpfen und fluchen.

Wir sind dann wieder ordentlich durchgeschüttelt worden und freuten uns auf unseren kleinen Tomash, der sicherlich schon auf uns wartete. Vorher haben wir aber noch einmal bei dem Geschäft gehalten wo es ALDI schönen Sachen gab und haben für Tomash richtiges Katzen Futter gekauft. Als wir dann da waren, das Tor aufgeschlossen haben und aus dem Auto gestiegen sind, haben wir ihn schon gehört. Er hat durch die verglaste Veranda hindurch, so ein Spektakel gemacht, es war kaum auszuhalten. Wir haben dann aufgeschlossen und dachten er rennt an uns vorbei, weil er die ach so geliebte Freiheit genießen will., weit gefehlt. Er schlich um unsere Füße herum, drehte achten und schnurrte. So laut er konnte. Susi wollte seine Schale saubermachen, dass brauchte sie gar nicht. Sie war so sauber geleckt, sie sah aus wie neu. Sie hat sie dann doch gereinigt, hat ihr von dem gekauften Futter gegeben und er, hat erst nicht gefressen. Er schlich erst um die Schale herum, roch an dem Futter, sah uns an, machte einmal kurz Miau, als wolle er sagen „Das ist aber nicht der tolle Bierschinken, den es sonst immer gab". Das Spiel machte er ungefähr fünf Minuten, bis er merkte, es gibt nichts anderes und hat sich dann auf die Schale gestürzt, als wäre er kurz vor dem verhungern. Er hat sogar die selbstgebaute Katzentoilette benutzt. Und auch den Trichter, den ihm Judith verpasst hatte, den hat er dran gelassen. Man konnte zwar sehen, dass er es versucht hat, denn drumherum, um den Trichter, war das Fell, wie bei einer Diva vom schubbern toupiert, aber geschafft hat er es nicht. Die Wunde war jetzt völlig abgetrocknet und sah für eine Wunde, sehr gut aus.

Der Kater war erst einmal versorgt. Susi hat sich auf Grund der Hitze ein Wasser geholt und hat es sich in der Sitzecke gemütlich gemacht. Aber das Wasser war eher ein Produkt des gestrigen Abends, denn ich verspürte auch so etwas wie Durst. Ich setzte dem Wasser von Susi noch eins drauf, ich holte mir ein Bier. Ein schönes eiskaltes österreichisches Hell Bier. Das war das richtige gegen eine ausgebrannte Kehle. Wir haben dann beschlossen, am Nachmittag einen kleinen Dorfbummel zu machen und das Auto für diesen Tag stehen zu lassen. Tomash kam nach seiner Hungerattacke jetzt auch raus zu uns und setzte sich wie schon am Tag zuvor auf seinen, mit einer Decke abgepolsterten, Campingstuhl. Susi kam dann noch einmal auf den Joint zu sprechen und versuchte gar nicht erst mich zu kritisieren. Sie stellte auch dabei so komische Fragen. Ich hatte das komische Gefühl, als hätte sie es gern selber mal probiert.

Ich erzählte ihr von 1985, als ich schon einmal in Ungarn am Balaton war, und dass damals Franzosen auf dem Campingplatz waren, die auch Cannabis geraucht haben. Weiter erzählte ich meiner Frau, dass wir damals am Lagerfeuer gesessen haben und zusammen Gitarre gespielt haben. Das war aber damals eine einmalige Sache, aber auch eine Erfahrung, die man gemacht haben muss, erzählte ich ihr weiter. Susi sagte dann zu mir: „*Wenn man hat, kann man ja auch Erfahrungen machen.*" Nichts leichter als dass dachte ich, denn Babsi hat mir zwei fertig gedrehte Joints mitgegeben, wovon Susi nichts wusste. Die holte ich jetzt aus meinem Brustbeutel, den ich im Urlaub immer um den Hals trug und präsentierte nun diese zwei Joints, meiner Frau. Susi fragte: „*Jetzt*?" Ich habe ihr dann den Vorschlag gemacht es heute Abend zu probieren. „*Wir gehen heute Nachmittag ein wenig spazieren, dann wollten wir doch Gabor in seinem Csardas-Restaurant besuchen und eine Kleinigkeit essen und wenn uns dann danach ist, schießen wir uns in eine andere Galaxy,*" sagte ich zu Susi. Tomash lag die ganze Zeit auf dem Stuhl, mit Blickrichtung zu uns, mit seinem Kopf auf seiner Pfote. Zum Schluss hat er seine Pfote vor seine Augen gehalten, was wohl so viel bedeutet, wie: „*Jetzt fangen die mit dem Zeug auch noch an.*" Er wollte wohl das Elend nicht mit ansehen." Wir legten uns dann ein wenig hin, machten Mittagsruhe und stellten den Wecker auf 15:00 Uhr.

Wir marschierten zuerst in Richtung Aussichtsturm. Andere Urlauber, mit denen wir ins Gespräch kamen, machten uns auf diesen Aussichtsturm aufmerksam. Übriges ist Tomash mitgewandert, er war auch als erster oben auf dem Turm. Der Turm sieht ein wenig aus wie ein Leuchtturm, der aber keine Wendeltreppe hat, aber dafür eine seitlich angebaute Treppe sein Eigen nennt. Das sieht ein bisschen so aus, als hätte man eine Flugzeugtreppe als Vorbild genommen. Wir haben uns hochgekämpft und dann den weiten Blick über den gesamten Balaton genießen können. Tomash war schon oben und ließ sich gerade von zwei klapprigen Omas streicheln. Sie haben auf Holländisch was zu mir gesagt, ich habe gelacht, sie auch, aber nicht ein Wort verstanden. Da wir jetzt alle lachten, kann es nicht so falsch gewesen sein, was die beiden Omas sagte

Ich habe dann Tomash gebeten wieder mit nach unten zu kommen, was er auch sofort tat. Und da war es wieder das Gefühl, dass er uns verstehen kann.

Wir sind dann wieder zu dem kleinen Museumsdorf, wo ich mit Tomash schon einmal war und er neben mir in den Brunnen schaute. Wir kamen aber noch an drei Gedenksteinen vorbei, die es in Zamardi reichlich gibt. Wir waren beispielsweise beim Donkey-Stone (Eselstein), oder bei einer ganzen Stein-Anlage, wo am Nationalfeiertag, Musik gemacht und viel getanzt wird. Hier gibt es auch noch mal eine Plattform, von der man aus, über ganz Zamardi blicken kann. Als uns ein gut deutschsprechender älterer

Herr erzählte, Zamardi wurde auf dem Steinberg errichtet, war uns dann auch klar, warum hier so viele Gedenksteine stehen. Als er uns einiges über Zamardi erzählte, streichelte er Tomash. Als er fertig war sagte er auf Ungarisch etwas, was ich nicht verstanden habe, nur das der Name Tamash fiel. Er ging dann weiter und wünschte uns noch einen schönen Urlaub, streichelte Tamash und flüsterte ihm irgendetwas in Tomashs Ohr. Wir haben es gesehen, aber haben uns keine Gedanken darübergemacht und sind zum nächsten Stein gekommen. Da konnten wir die Inschrift nicht lesen, aber die Bänke und die Blumen haben zum Ausruhen eingeladen. Susi hatte zwei Wasser mitgenommen die uns jetzt gut taten. Tomash schaute uns traurig an, denn an seine Trinkschale hatten wir nicht gedacht. Ich machte dann aus meinen zwei Händen eine alternative Trinkschale, Susi schüttete etwas Wasser rein, Tomash roch kurz an meiner Hand und fing an das Wasser zu schlecken. Eine Frau kam gerade mit ihrem Fahrrad vorbei, man konnte sehen, dass sie gerade vom Einkauf kam, denn es hangen zwei riesige Taschen mit Lebensmittel am Fahrrad. Sie schob das Fahrrad, denn es ging Berg auf und weil das Rad so schwer war, hat sie es geschoben. Sie lehnte das Fahrrad an die freie Bank und beobachtete Tomash beim Trinken.

Als sich unsere Blicke trafen, lächelte sie, dann zeigte sie mit der rechten Hand auf Tomash und sagte „Tamash ist gut" und freute sich. Als wir mit der Trinkaktion fertig waren, wurde Tomash neugierig, drehte um die Füße der Frau achten und schnurrte, dass man es bis zu uns hörte. Dann beugte sie sich runter und flüsterte dem kleinen Tomash auch etwas ins Ohr. Ich fragte jetzt diese Frau, was es mit dem ins Ohr flüstern, auf sich hat. Daraufhin sagte sie in gebrochenem Deutsch: *„Das wissen sie gar nicht? Tamash kennt hier jeder. Er lebte bei einem alten Ehepaar, wurde gut behandelt, ihm ging es also gut. Dann wurde die Frau krank, es wurde von Tag zu Tag schlimmer. Der Mann wusste sich keinen Rat mehr, flüsterte dem kleinen Tamash für seine Frau ein Genesungswunsch ins Ohr, setzte danach den kleinen Tamash auf das Bett seiner Frau und siehe da, sie wurde wieder gesund. Das hat sich natürlich in Zamardi bei den Leuten herumgesprochen und wenn* *die Leute den Tamash heute sehen, flüstern sie ihm einen Wunsch in das kleine Katzenohr."* Ich wollte dann noch wissen, wie alt Tamash ist. *„Nach Berechnungen muss er jetzt ungefähr neun Jahre alt sein. Es können aber auch10 Jahre sein, weil die beiden Alten, denen damals Tamash gehörte, mittlerweile an Altersschwäche gestorben sind und Tamash zu der Zeit als die Frau so krank war, noch sehr klein war, müsste das so hinkommen".* Sagte Sie. Die Frau stieg auf ihr Fahrrad und schob es weiter in Richtung Heimat. Wir beide schauten uns erst einmal an, begannen dann zu lachen und stritten uns dann darum, wer Tomash zuerst etwas ins Ohr flüstern darf.

Wir taten es dann wirklich, haben ihm dann jeweils einen Wunsch in das Ohr geflüstert und sind anschließend weiter zum Museum gewandert. Tomash wieder vorneweg, ich muss nicht erwähnen, dass er wieder auf den Brunnenrand gesprungen ist, einen langen Hals gemacht hat um nach unten zu starren. Als wir dann auch da waren hat Susi Tomash gerufen, und gesagt: „Komm wir wollen heute hineingehen". Tomash wollte aus irgendeinem Grund nicht mit hinein in das

Museum, war ja ok, dann haben wir ihn einfach draußen gelassen. Wenn es uns nicht geben würde, wäre er auch allein gewesen, dachte ich. Susi und ich haben uns dann angesehen wie die Ungarn vor 400 Jahren lebten, wie sie eingerichtet waren und wie sie kämpften. Die Ungarn, eigentlich die Magyaren sind irgendwann, genau weiß das keiner aus dem Gebiet des Urals eingewandert und haben sich im heutigen Ungarn angesiedelt.

Wir haben uns nach dem kleinen Vortrag, den wir zufällig mit anhören konnten, noch ein wenig umgesehen und sind dann wieder hinausgegangen. Ich dachte noch, was ist denn hier für ein Lärm und sah eine Gruppe deutscher Jugendlicher die gerade dabei waren den kleinen Tomash zu ärgern. Sie bildeten einen Kreis und der Kleine Tomash saß verängstigt in der Mitte. Ich bin sofort dazwischen gegangen hob Tomash auf und war wütend. Der eine aus der Gruppe meinte noch zu wissen, Tomash hätte zu tief in eine Kaffeetasse geschaut und ist nicht wieder rausgekommen. *„Ha, ich gebe dir gleich eine auf deine Kaffeetasse, pass bloß auf."* Dann kam ihr Lehrer dazu und wollte auch seine Schüler zur Ordnung rufen, aber die

Schüler drehten ihrem Lehrer den Rücken zu und meinten mit geistlosen Gesten und ein „Fuck You" sich ordentlich verabschieden zu müssen. *„Ich weiß nicht was ich mit den Jungs anstellen soll, abends gehen sie zur Disco, ist klar, aber am Tage, es soll ja auch was Sinnvolles sein".* Sagte der Lehrer. Ich fragte ihn, ob sie Mobil sind, was er bestätigte und machte den Vorschlag, dass sie Judith in ihrem Tierheim ein wenig unterstützen. Er sagte er wäre Udo und hat sofort zugesagt, sie bräuchten nur Essen und Trinken.

Ich habe dann Judith angerufen, die von meinem Vorschlag sehr überrascht war und ich gebe zu auch ein wenig überrumpelt wurde, denn sie wollte nicht gleich zusagen. *„Weißt du Judith, wenn es jetzt an einem simplen Mittagessen und an einer Cola für die 12 Jugendlichen scheitern sollte, dann ist Dir auch nicht mehr zu helfen, dann kannst du gleich dein Tierheim zuschließen"* sagte ich etwas schroff zu ihr. Es ward still am Telefon, aber Luxus brauchen die jungen Leute nicht erwarten, sagte wie dann. Ich habe dann beide miteinander verkuppelt und wieder wurde eine gute Tat vollbracht. Sie sind dann ab dem nächsten Tag eine ganze Woche lang im Tierheim gewesen. 6 Jungs haben mit Babsi farblich alles wieder, soweit es ging, in Ordnung gebracht und Judith hat mit den anderen sechs Jugendlichen, innen alles entrümpelt und mal wieder Ordnung geschaffen. Judith war hinterher hell auf begeistert, sie sagte mir mal später, so etwas würde sie jedes Jahr sogar zwei malmachen.

Was Judith nicht wusste und auch ich zur Zeit der telefonischen Vermittlung nicht wusste und was Udo mir erst nach dem Telefongespräch erzählt hat, wir sind ein großes Risiko eingegangen, denn es handelte sich um eine Gruppe Jugendlicher, die als schwer erziehbar galt und in psychischer Behandlung war. Im Nachhinein war alles gut gegangen und schon im darauffolgenden Jahr, wurde eine Kooperation zwischen einem kirchlichen Träger in Baden-Württemberg, dem Jugendamt und Kindervorsorge in Unterglücksbach und dem Tierheim in Siofok gegründet. Es gab bis auf wenige Unterbrechungen, jedes Jahr Besuch aus dem Schwabenland um dem Tierheim zu helfen. In einem Jahr kamen sogar drei Gruppen in einem Sommer, dafür war es 2016 nur eine Gruppe mit Jugendlichen aus dem Schwabenland. Am Ende hatten ja beide etwas davon. Die Jugendlichen erlernten Verantwortung zu übernehmen und sozial miteinander wieder klar zu kommen und das Tierheim sowieso, denn es glänzt, die Leute kommen wieder vorbei, weil sich herumgesprochen hat, dass es sich lohnt mal dahinzufahren. Judith hat sogar eine Ponygruppe von einem Zirkus aufgenommen. Der ist Pleite gegangen und jetzt können Kinder bis 10 Jahre bei ihr unter Aufsicht reiten lernen. Im Sommer hat sie sogar einen Imbisswagen stehen, wo es Würstchen, kalte Getränke, Kaffee und Kuchen gibt.

Udo hatte mitbekommen, wohin unsere Wanderschaft führen soll und fragte ob er mitkommen kann. Da von uns aus dahingehend kein Problem bestand, hat sich Udo bei seinen Jungs verabschiedet. Sorgen machen musste er sich nicht, denn sie brauchten nur über die Straße gehen, wo sich gleich ihr Zeltlager befand. Er erzählte unterwegs zum Csardas Restaurant, dass im Zeltlager, welches auf dem Campingplatz extra eine geschützte Stelle bekommen hat, wo noch zwei

Kollegen von ihm die Jungs übernommen haben. Er selbst hätte heute Abend sowieso Freizeit, erzählte er noch. Und begann sich ein wenig zu wundern, weil unser Tomash immer vorn weglief. Er sagte plötzlich: „Aber ganz normal ist Euer Kater aber nicht, oder?" Ich kam ein wenig ins strraucheln und wusste gar nicht was ich sagen sollte. Ich gab ihm erst einmal kurz zu verstehen, dass er Recht haben könnte, aber wir beide eigentlich auch nichts Genaues wissen, weil wir seine Vergangenheit, noch nicht ganz geklärt haben. Mittlerweile waren wir auch im Restaurant angekommen. Gabor begrüßte uns mit einem fast gesungenen: *„Hello barátaim, hogy vagy?"* Was soviel bedeudete wie: *„Hallo Freunde, wie geht es euch?"* Gut, sehr gut Gabor. Susi schickte ich ersteinmal mit Udo an den Tisch. Gabor sagte zu Susi: *„Der selbe schöne Tisch wie immer Susi"* und machte einen ganz galanten Handkuss und spürte mein zögern. Gabor sagte zu mir: „Hey Mario, was ist los, was hast du auf dem Herzen? Ich habe ihm von Tomashs eigenartigem Verhalten, beziehungsweise vom Verhalten der Leute, wie sie mit Tomash umgehen erzählt und habe ihm auch von der

Geschichte, von der Frau mit dem Fahrrad berichtet. „*Hm, Du willst alles ganz genau wissen, mein Freund, dann pass auf. Was die Frau mit dem Fahrrad gesagt hat, stimmt alles. Tomash hat zwei Häuser weiter gewohnt, wie ihr jetzt. Du musst mal sehen, da ist eine Baulücke. Da haben die beiden Alten gewohnt, die beide kurz hintereinander gestorben sind und die Mama und Papa für Tomash waren. Tomash war ja ein Held, ihn kannte wegen der wunderlichen Heilung jeder. Aber kurz nach dem Tod der beiden alten, ist das Haus abgebrannt und böse Zungen behaupten, das war auch Tomash. Nun ist es so, die alten geben ihm ihre Wünsche ins Ohr, aber aufnehmen will den kleinen Tomash keiner, weil die Leute sind abergläubig, haben Angst und glauben, auch Ihr Haus könnte eines Tages brennen. Er wohnt nirgends, alle geben ihm zu fressen, aber keiner nimmt ihn auf.*" Du auch nicht, habe ich ihn dann gefragt: „*Nein Mario, er bekommt ganz viel fressen von uns, aber meine Frau würde mich aus dem Haus werfen, wenn ich mit dem Kater nach Hause kommen würde.*" Ich bedankte mich erst einmal bei Gabor und bestellte schon mal ein großes Bier. Ich setzte mich zu meiner Frau und zu Udo an den Tisch. Meine Frau bemerkte natürlich meine nachdenkliche Stimmungsänderung. Ich habe dann alles erst einmal verdrängt und meine Frau auf zu Hause vertröstet. Wir saßen noch gar nicht lange zusammen am Tisch, Gabor brachte mein Bier, als Tomash auf die Mauer sprang und ich sehen konnte, dass er schon was zu fressen bekommen hat. Das war daran zu merken, dass er ganz genüsslich, sein Maul schleckte. Tomash wird immer unheimlicher, dachte ich, denn ich glaubte ein Lächeln bei ihm zu erkennen. Er machte es sich weiter gemütlich und hörte zu, was wir so erzählten. Wir haben erst einmal angestoßen. Ich habe das halbe Glas auf einmal getrunken, da mir auf Grund der Hitze, der Mund schon völlig ausgetrocknet war. Gabor hat dann schnell unsere Bestellung aufgenommen und ist erst einmal in der Küche verschwunden. Wir haben dann zusammen, einen großen Topf Ungarischen Kesselgulasch gegessen und haben uns über unsere Jobs unterhalten. Zwischendurch musste ich aber immer wieder an Tomash und an seine Vergangenheit denken. Das war so schlimm, dass meine Frau sich bei Udo über mein sonderbares Verhalten entschuldigen musste. Udo hat sich noch einmal für unsere Unterstützung bedankt und hat erzählt, wie schwer es ist für Jugendliche, die auch noch schwer erziehbar sind, etwas zu finden, was vor allem wenig kostet, aber einen therapeutischen Hintergrund hat. Es war zwar Zufall, wie es sich ergeben hat, aber ein wenig stolz auf die organisatorische Leistung, war ich schon ein bisschen. Udo fragte ob wir nicht einen guten Instrumentenladen kennen. Ich musste verneinen, aber sagte ihm: *„Den finden wir"*. Ich fragte ihn, was er für ein Instrument spielt. Als sich herausstellte, dass er Gitarre spielt, seufzte Susi und sagte: *„Na da haben sich jetzt aber zwei gefunden. Mein Mann trällert mir auch immer die Ohren voll."* Ich musste ihm aber sagen, dass meine Gitarre zu Hause steht. Udo erzählte sie hätten zwei Gitarren mit, aber er bräuchte nur neue Saiten. Gabor kam gerade vorbei, brachte ein Bier für mich und ein Wasser für Udo. Susi trank langsam, sie schlürfte ewig an ihrer Cuba Libre. Ich wollte eine Runde Palinka ausgeben, was bei Susi und Gabor gut ankam, allerdings bei Udo nicht so, denn er lehnte ab. „Magst du nicht?" fragte ich ihn, worauf er erzählte, dass er früher gesoffen hat, wie ein Loch, dann eine entziehende Therapie gemacht hat und seit drei Jahren trocken ist. Gabor trank dann den zu viel bestellten mit und freute sich. Wir haben das akzeptiert und der Abend lief weiter so angenehm, wie wir uns ihn vorgestellt hatten. Gabor fragte dann, ob er das Wort Gitarre verstanden hat, was wir bejahten. Und tatsächlich, er brachte eine Gitarre mit aus der Küche und trällerte uns dann ungarische Folklore vor. Weil die anderen Gäste auch applaudierten, sind bei ihm alle Hemmungen gefallen und er hat an jedem Tisch ein Lied zum Besten gegeben. Als er durch war, kam er wieder zu uns zurück und gab uns die Gitarre. Weil ich mich nicht traute war ich so nett und habe sie erst einmal Udo gegeben. Er fing sofort, nach dem er sie gestimmt hat, „Father and Son" von Cat Stevens zu spielen. Ich habe dann an der Stelle, wo Cat Stevens beginnt eine Oktave höher zu singen, auch mitzusingen. Das muss so gut geklungen haben, dass alle übrigen Gäste applaudierten. Ich nahm dann die Gitarre und spielt von Ulla Meinecke den Titel „Für Dich tu ich fast alles", es war zwar ein viel melancholischerer Song, aber der Applaus war nicht weniger. Wir haben dann noch jeder zwei Titel aus unserem Song Gedächtnis gespielt und haben zum Schluss die Stühle mit hochgestellt. Tomash hat sich auch nach oben gewunden und sich erst einmal ganz lang gestreckt. Gabor sagte noch, wir bräuchten heute nur das Essen bezahlen, weil die anderen Gäste, auf Grund unseres künstlerischen Einsatzes, länger sitzen geblieben sind und ordentlichen Umsatz machten. Als wir dann draußen waren, haben wir mit Udo die Telefonnummern getauscht, haben uns wie immer lange verabschiedet und sind dann in getrennten Richtungen, nach Hause gegangen. Tomash ging wie immer voraus und zeigte uns den Weg. Ich war ja am Anfang des Abends, auf Grund der Erfahrenen wahren Geschichte von Tomash etwas konsterniert habe mich dann aber fangen können. Ich musste zu Hause erst einmal schauen, ob meine Schienbeine noch heile waren, denn Susi hat ewig dagegengetreten, weil ich mit meinen Gedanken oft ganz wo anders war.

Zu Hause angekommen, habe ich das Tor aufgeschlossen und Tomash ist sofort durch das Tor durch und hat es sich auf seinem Campingstuhl gemütlich gemacht. Es war schon Mitternacht, Susi wollte eigentlich auch zur Sitzecke, ich habe sie aber gebeten einmal mitzukommen. *„Komm mir mal nach,"* habe ich sie flüsternd gebeten. *„Wo willst du denn noch hin, mitten in der Nacht"*. Sagte Susi leise zu mir, allerdings mit einem leichten bösen Unterton. Aber sie kam mit. Und tatsächlich, Gabor hatte recht, denn zwei Häuser weiter, war eine Ruine, abgebrannt, zusammengefallen und von Unkraut und Büschen zugewachsen. Hätte Gabor uns die Geschichte mit diesem Haus nicht erzählt, ich hätte die Ruine nicht gefunden. Plötzlich stand Tomash hinter uns und machte ein lautes Katzentheater, er hörte gar nicht auf zu miauen. Als ich dann mit meinem Handylicht über den Zaun sah, ist mir Tomash sogar ans Hosenbein gesprungen und hat sogar gefaucht. Er wollte absolut nicht, dass wir da hineinschauen, oder noch bessergehen. Susi bat mich zu kommen und Tomash bat sie sein affiges Theater einzustellen. Ich sagte leise zu

Susi: „*Komm lass uns gehen, ich erkläre dir alles, wenn wir bei uns sind, die Nachbarn müssen uns ja nicht sehen.*" Wir gingen dann zu unserer Sitzecke, Susi holte uns noch etwas zu trinken, kam zurück und sagte: „*Na los erzähl schon, was hat dir denn Gabor alles erzählt.*" Susi goss mir sogar mein Bier ein, weil sie so neugierig war. Ich holte erst meine zwei Joints aus dem Jeanshemd und gab Susi einen davon. „*Stimmt*", sagte sie und nahm sich einen von Babsis selbstgedrehten Joints. Machte es sich auf ihrem Stuhl gemütlich und zündete sich ihren Joint an. Ich wollte sie gerade warnen, aber es war zu spät, denn sie bekam erst einmal einen ordentlichen Hustenanfall. Als sie mit Husten fertig war, kam ein leises „Was ist das denn" aus ihrer Richtung. Sogar bei unseren Vermietern, die wir sonst nie gesehen haben ging das Licht an. Sie rauchte aber bedächtig weiter und bat mich ihr endlich die Geschichte zu erzählen. Nachdem ich fertig war, fing Susi an zu weinen. Ich fragte sie, was los ist, worauf sie nur sagte: „Der arme Tomash" Als ich gemerkt habe, dass die bewusstseinserweiternden Stoffe bei Susi wirkten, habe ich angefangen von dem

Ende des Abends zu erzählen. Ich erzählte ihr, dass mir so etwas bei uns zuhause fehlt, worauf sie sagte: „So ein Kraut kommt mir nicht ins Haus", worauf ich zu ihr sagte, dass ich die Musik meinte und nicht den Joint. Ich summte den Cat Stevens Titel leise vor mich hin, als Susi anfing zu kichern und dabei immer lauter wurde. Unsere Joints waren mittlerweile alle, da habe ich schnell alles aufgeräumt und habe dann Susi gesucht, weil sie nirgends zu sehen war Genau wie unser Tomash, der war auch nicht zu sehen. Als ich ins Haus ging, hörte ich Susi rufen: „Schatzi hier bin ich" Ich ging ins Schlafzimmer und fand sie völlig entspannt im Bett. Sie streichelte über die Zudecke und sagte: „Na wo bleibst du denn Schatzi?"

Ich hatte 1985 das erste und bis gestern das letzte Mal, einen Joint geraucht, allerdings alleine, aber das der so eine freimachende und entspannende Wirkung entwickelt, wenn man mit seinem Partner raucht, hätte ich nicht gedacht. Am nächsten Morgen sagte Susi nur zu mir: „*Hast du noch mehr davon?*" Susi ging dann ins Bad und machte sich frisch. Ich machte uns ein schönes Frühstück und als wir dann beide am Tisch saßen, gemütlich unseren Caffè schlürften, habe ich meiner geliebten Susi dann klargemacht, dass es zwar eine schöne Nacht war, aber ich selber würde das nicht regelmäßig rauchen, denn es gibt schon einige Gefahren, die man beachten sollte. Auch wenn cannabisgebrauch im Moment liberalisiert werden soll, darf man nicht vergessen, dass es auch hier Menschen gibt, die damit nicht umgehen können. Außerdem wüsste ich im Moment nicht wo ich es in Deutschland kaufen könnte, erklärte ich ihr. Wir haben uns dann darauf geeinigt, wenn wir durch Zufall noch einmal die Möglichkeit bekommen sollten, dann machen wir das noch mal, aber wir versuchen jetzt nicht, mit aller Gewalt an Cannabis zu kommen. Susi schaute mich ganz entgeistert an und sagte dann zu mir: *„Du bist aber heute Morgen ein richtiger Oberlehrer und Klugscheißer noch dazu, was würdest du denn sagen, wenn sie plötzlich deinen Bourbon verbieten und das trinken unter Strafe stellen.“* Weiter schimpfte sie: *„die Gesellschaft ist doch so scheinheilig. Da*

Verrecken tausende an dem scheiß Alkohol, aber ein paar Kräuter rauchen darfst du nicht. Ich könnte kotzen." schimpfte sie. Ich dachte nur: *„Oh man, das kann ja heute lustig werden."*

Mittlerweile war auch Tomash aufgewacht, setzte sich wieder auf seinen Campingstuhl, mit der orangefarbenen weichen Decke drauf und schaute immer wieder auf seine leere Schale, denn wir hatten ja nicht gewusst, dass der gnädige Herr auch schon wach ist. Der Oberlehrer ist dann aufgestanden und hat dem kleinen Tomash von dem Dosen Futter gegeben. Geflügelfutter haben wir ihm gekauft, denn das schmeckte unserem Max zu Hause auch am besten. Aber am liebsten würde er auf den Tisch springen und von der Wurst naschen.

Plötzlich klingelte Susis Handy. Babsi war dran. *„Sie hatte heute frei, weil eine Lieferung nicht kam und wollte uns die Halbinsel Tihany zeigen"* wiederholte Susi zu mir. *„Klar kann sie das, erstens macht sie das gut und wir haben einen*

Reiseführer, den wir kennen und der auch der deutschen Sprache mächtig ist" sagte ich zu Susi. Sie machte dann am Telefon mit Babsi alles klar. Sie machten am Telefon noch ein bisschen Smalltalk, bis Susi zu mir kam und erzählt hat, dass wir uns in einer Stunde in Siofok auf dem Parkplatz am Wasserturm treffen. Wir mussten uns jetzt beeilen. Ich räumte unseren Frühstückstisch nur ab, stellte alles auf den Geschirrspüler und auf den Abwaschtisch zog mir eine neue kurze Jeanshose an und holte mir mein neues Ramones-T-Shirt aus dem Schrank, welches ich mir gleich am ersten Tag als wir ankamen, auf einem Markt gekauft habe. Ich habe dann Tomash noch ausreichend Futter in die Schale gegeben und ihm frisches Wasser dazu gestellt. Ich nahm in nochmal hoch, wir näselten noch ein bisschen und sagte Ciao Wondercat zu ihm. Susi war auch endlich fertig. Sie sah gut aus, denn sie trug auch ihr neuerworbenes Michael Jackson T-Shirt. Susi verabschiedete sich auch noch mal von Tomash und beschwindelte ihn, weil sie ihm erzählt hat: *„Wir sind doch gleich wieder da, sei nicht traurig."* Als wir runter zur Hauptstraße fuhren, kamen wir am

Csardas-Restaurant vorbei, hielten kurz an, weil Gabor schon von weitem winkte. Er kam ans Auto, lehnte sich durch das offene Fenster und sagte: *„Hallo meine Freunde, alles Schick bei Euch?"* *„Gabor wir müssen weiter, wir haben keine Zeit"* sagte ich zu ihm. Aus Spaß rief er hinterher: *„Geht ihr zur Konkurrenz, oh ich merke mir alles"* Wir winkten beide aus dem offenen Fenster, machten diese zu und fuhren nach Siofok um Babsi abzuholen. Auf dem Weg nach Siofok haben wir beide uns unterhalten und feststellen müssen, dass wir solch einen hektischen und stressigen Urlaub noch nie erlebt hatten und uns jetzt klar wurde, der Grund dafür ist Tomash. Aber den hatten wir nun mal in unser Herz geschlossen und wie es aussah, hat er uns auch in sein kleines Katzenherz aufgenommen. Wir kamen pünktlich am verabredeten Parkplatz an, wo Babsi schon von weitem winkte. Wir haben dann schnell die Plätze getauscht, Susi ist nach hinten gerutscht und Babsi das große Mädchen hat es sich vorn gemütlich gemacht. Sie freute sich über die Klimaanlage und sprach, *„Lass uns nach Szantod fahren, von da geht eine Fähre zur Halbinsel Thihany."* Babsi fing gleich an zu moderieren und erzählte uns als erstes: *„Zwischen den Orten Tihanyrév am Nordufer und Szántód am Südufer verkehrt die einzige Autofähre am Balaton. Sogar Lastwagen können hier per Schiff in 10 Minuten den Balaton überqueren. In den Sommermonaten sind zwei oder mehr Schiffe im Einsatz, so dass man alle 40 Minuten mit dem PKW ans andere Ufer übersetzten kann, die Karten für die Überfahrt bekommt man direkt vor Ort an der Anlegestelle".* fing sie an zu erzählen, trank ein Schluck aus ihrer Colaflasche und erzählte weiter: *„An den Sonnabenden muss man sich wegen der an- und abreisenden Urlauber auf längere Wartezeiten einrichten."* Es dauerte gar nicht lange, da waren wir auch schon da. Es war Donnerstag. Babsi hatte recht, heute war es nicht so voll. Eine große Gruppe Motorräder stand vor uns und ein Geflügellaster, unter dessen Plane ich lieber nicht schauen wollte, stand vor uns. Insgesamt waren wir mit Wartezeit aber trotzdem eine Stunde von Szandot bis Tihany unterwegs. Babs gab in das Navi immer die Orte und Sehenswürdigkeiten ein, so dass ich nur fahren, lenken und zuhören musste. Babsi erzählte wieder wie ein Wasserfall, aber sehr informativ, ab dem Zeitpunkt, des Landganges nach der Fähre.

„Der Ort Tihany liegt auf der gleichnamigen Halbinsel am nördlichen Ufer des Balatons in Ungarn. Nicht nur die Stadt selbst ist einen Besuch wert, auch das Umland hat Einiges zu bieten.“

Weiter erzählte sie:

„In Tihany findet man eine Landschaft voller Naturschätze und historischen Denkmälern. Die bekannteste Sehenswürdigkeit der Halbinsel ist die barocke Klosterabtei von 1055, deren Türme auch heute noch symbolisch für die Halbinsel die Region stehen. Auf der Halbinsel befinden sich zwei Kraterseen, die höher liegen als der Plattensee. Schon viele Völker aus der Bronze- und Eisenzeit haben sich hier niedergelassen, Spuren findet man auch von den Römern. Außerdem ist die Landschaft seit 1952 als Naturschutzgebiet deklariert. Sie wurde so zum ersten Naturschutzgebiet in Ungarn mit einer reichen Tier- und Pflanzenwelt.“

Zwischendurch musste die arme Babsi immer mal einen Schluck trinken, es war doch ein wenig anstrengend, was sie sich da vorgenommen hat. Sie wusste auch nicht alles auswendig. Sie hatte ein Buch mit, woraus sie für uns ihre Informationen zog. Sie wischte sich noch einmal den Schweiß von der Stirn und erzählte weiter

„Der Ort selbst hat um die 1.300 Einwohner und ist somit ein kleiner und beschaulicher Ort. Das Ortsbild ist geprägt durch die vielen kleinen Häuser aus Basalt und Schilf. Auf der Pisky Promenade findet man das Haus des Landwirts, das Fischerhaus und das Töpferhaus in originalem Zustand.“

Das haben wir, wie viele andere Stationen auch, natürlich vor Ort zu Fuß erkundet. Autofahren war nicht auf Tihany. Babs schleppte sogar auf dem Wanderweg ihr Buch mit und erzählte wieder weiter:

Im Tihany-Umland findet man die Begräbnisstätte der königlichen Familie, die König Andreas I erbauen ließ, außerdem ein Kloster mir Benediktinermönchen. Neben der berühmten Abtei findet man in der Abteikirche auch eine Galerie. In aller Welt bekannt ist das Tihanyer Echo, das von den

Wänden der Abtei widerhallt. Als wichtigstes Sprachdokument der ungarischen Sprache gilt die Gründungsurkunde der Stadt in lateinischer Sprache mit vielen ungarischen Wörtern. Sehenswert ist das Erdwallsystem mit ovalem Grundriss aus der späten Bronze und frühen Eisenzeit. Ebenso einen Blick wert ist die einzige wohlerhaltene Einsiedlersiedlung in Mitteleuropa, die es in der östlichen Basalttuff-Felsenwand zu bestaunen gibt".

Es war mittlerweile Nachmittag und wir verspürten Hunger. Wir suchten uns dann erst einmal eine kleine Imbissbude, an der die gemütliche kleine Sitzecke wichtiger wurde, als das Hotdog, was ich für uns organisiert hatte. Unsere Füße brannten wie Feuer und die Waden meldeten Krämpfe. Tihany war ganz schön hügelig, was wir wohl unterschätzt haben, oder wir waren einfach kein Sport mehr gewohnt, was wohl die wirkliche Ursache war. Nur Babsi, die hätte glaube ich noch weiterlaufen können. Nach dem wir uns erholt hatten, haben wir uns auf den Weg zum großen Parkplatz gemacht. Susi kam auf die Idee, dass wir uns alle noch einmal treffen könnten. Ich habe dann gleich den kommenden Samstag vorgeschlagen. *„Damit alle irgendwie dabei sein können, müssten wir das unten im Csardas-Restaurant bei Gabor machen"*, warf ich in die Runde. „So *viel Leute sind wir doch gar nicht"*, sagte ich wieder und zählte durch. Ich, meine Susi, Babsi und Judith sowie Udo. *„Mit Gabor sind wir dann sechs Leute"*. „Wir *brauchen aber einen großen Tisch an der Mauer"* erwähnte Susi noch. Ich habe dann Gabor angerufen, der ausrichten ließ, er freue sich auf uns, und wir sollen die Gitarren nicht vergessen. Babsi telefonierte noch mit Judith, da war auch alles klar, blieb dann nur noch Udo, den habe ich wieder angerufen. Ich erwischte ihn gerade in einem Musikgeschäft, wo er seine Gitarren mit neuen Saiten bestücken ließ. Er sagte auch zu. Wir freuten uns auf den kommenden Samstag, denn am Montag, mussten wir wieder nach Hause. Am Auto angekommen, waren wir wieder froh sitzen zu können. Wir sind dann wieder nach Siofok zum Parkplatz am Wasserturm gefahren um Babsi abzusetzen. Ich habe bei ihr dann noch zwei Joints bestellt und habe mich noch einmal bedankt und ihr einen dicken Kuss auf die Wange gegeben.

Susi und ich sind dann zum Discounter gefahren, wo es all die schönen Sachen gibt und haben nur noch wenig eingekauft, denn so brauchten wir am Sonntag nach dem letzten Abendessen nur wenig wegwerfen. Meine Gedanken kreiselten schon um Tomash, denn den mussten wir alleine lassen. Wir sind dann, gleich nach dem Einkauf, in Richtung Ferienhaus gefahren. Wir freuten uns schon auf den späten Nachmittag und auch auf den Abend, wo wir die Seele baumeln lassen wollten, doch es sollte anders kommen.

Wir haben das Tor unserer Ferien Unterkunft aufgeschlossen, haben das Auto abgestellt und Susi hat unseren Einkauf genommen und ihn in die Küche gebracht. Da unser kleiner Freund immer noch die Halskrause trug, haben wir ihn natürlich im Ferienhaus gelassen und ihn eigentlich mit allem versorgt, was er brauchte. Susi ging hinein, als plötzlich ein Hilfeschrei aus der Küche kam: „Hilfe, Mario komm schnell rein, das musst du dir ansehen. So eine Schweinerei." hörte ich Susi rufen. Ich habe mein sechserpack Tschechisches Pils fast vor Schreck fallen lassen, als ich hinterhereilte und sah was Susi so in Wallung gebracht hat. Mir war sofort klar, für diese angerichtete Schweinerei war ich schuld. Ich habe in der Eile des Aufbruchs am Morgen, unseren Frühstückstisch abgeräumt, aber nur in die Küche gebracht, dort abgestellt und die essbaren Dinge wie Wurst, Käse, Obst und Butter, nicht zurück in den Kühlschrank gelegt, sondern sie auf dem Geschirrspüler und auf dem Abwasch Schrank liegen lassen. Für den kleinen Tomash, muss das wie im Schlaraffenland gewesen sein. Er hatte alles angefressen, runde Löcher aus der Butter geschleckt und nebenbei alles in der gesamten Küche verteilt. Ich musste Susi erst einmal Recht geben, es sah wirklich aus wie im Schweinestall. Ich bat dann Susi um Ruhe und gab gleich alles zu, denn verantwortlich war nicht der kleine Tomash, sondern ich, der große Mario. Tomash ist nur seinen ureigenen Instinkten nachgegangen, die da waren: Friss, wenn du fressen kannst. Susi hat sich einen Cuba-Libre gemixt und zu mir gesagt: „Ich muss erst einmal was Trinken" und setzte sich in die Sitzecke. Ich habe dann als erstes mein sechser Pack Pils in den Tiefkühlschrank gestellt und anschließend die kleine Schweinerei beseitigt. Das hätte auch nur einer machen können, denn die Küche war sehr eng und klein. Während des Saubermachens, schlich Tomash zwischendurch immer wieder zwischen den Essensresten umher, so dass ich auch mal ungehalten reagierte und ihn angefaucht habe, er solle doch wenigstens jetzt hier verschwinden. Er war sich auch keineswegs einer Schuld bewusst, brauchte er ja auch wirklich nicht, aber nach meinem ungehaltenen lauten Schimpfen, muss er sich wohl gedacht haben, lässt den Alten mal lieber alles aufräumen und putzen und geht's lieber auf deinen Lieblingsstuhl und ruhst dich vom Schlaraffenland-Festessen aus.

Die glänzte erst einmal wieder und ich habe mir dann ein Pils aus dem Tiefkühlschrank geholt, und die restlichen Pils schnell in den normalen Kühlschrank umgebettet. Habe mir dann einen großen Palinka eingegossen, das Bier genommen und mich zu Susi und Tomash gesetzt. Susi sagte dann mit übertrieben angehobener Stimme: *„Na hast du wieder alles in Ordnung gebracht"* Ich habe lieber nicht geantwortet, denn aus Erfahrung wusste ich, dies würde jetzt zu einer sinnlosen Diskussion führen und da wir ja eigentlich im Urlaub waren, wollte ich mich der entziehen. Nach einer Weile des Besinnens und des Runterkommens überlegten wir, was man am Freitag machen könnte. Es war eigentlich der einzige Tag vor der Abreise, an dem wir noch einmal ganz allein etwas unternehmen konnten. Ich schlug Susi vor: *„Wir könnten doch mal nach Balatonlelle fahren, dort den Campingplatz suchen, wo ich 1985 schon mal war und so viel schöne Dinge erlebt habe. Und wenn dann noch Zeit ist, fahren wir weiter nach Fonyod. Das würde dir bestimmt gefallen, denn dort ist früher immer ein großer Markt gewesen, das wäre mein Vorschlag."* Sagte ich zu Susi. Susi hat nicht lange überlegt und meinem Vorschlag schnell zugestimmt. Susi gab nur zu bedenken: *„Schatzi, dann lass uns aber nicht so spät losfahren, damit wir auf dem Markt mehr Zeit verbringen können."* Treffer! hast mal wieder voll ins Schwarze getroffen, dachte ich.

Es war wieder so heiß an diesem Abend, jedes Bier suchte sich eine Körperöffnung um als Schweiß wieder zu erscheinen. Die Brühe lief richtig den Rücken hinunter und tropfte von den Augenbrauen. Das wurde erst ein wenig angenehmer als es dunkel wurde. Am späten Abend, ich hatte gerade mein altes T-Shirt gegen ein nicht durchgeschwitztes getauscht, als plötzlich ein Auto vor unserem Tor hielt und den ganzen Hof mit seinem Licht erhellte. Ich konnte nur sehen, dass eine Frau ausstieg und das Tor geöffnet hat. Das Auto fuhr auf den Hof und aus dem Auto stieg Emilia, die schöne Schweizerin. Sie kam sofort auf uns zu und fiel uns um den Hals, als hätten wir uns Jahre lang nicht mehr gesehen. Dabei waren es gerade mal sechs Tage, die sie nicht da war um sich um einen Hotelkauf in Zürich zu kümmern. Emilia dachte wir wären schon abgereist und erzählte, sie wollte uns noch anrufen, dass sie heute schon kommt, aber hatte unsere Nummer verlegt. „Na nun sind wir ja noch da", sagte ich und fragte weiter: „soll ich dir mit deinem Gepäck helfen?" „Das wäre aber nett" sagte Emilia, in ihrem durchaus reizvollem Swizerdütsch. Ich nahm ihre beiden Koffer und zog sie über den fast dunklen Hof zu ihrer kleinen Garagenwohnung. Hob die Koffer über den kleinen Torabsatz und wartete erst einmal bis Emilia kam und ihre kleine Wohnung aufschloss. Die Tür hatte eine sehr hohe Trittstufe über die ich mit einem der Koffer gestolpert bin und längelang bei ihr im Flur lag. Emilia wollte mir beim Aufstehen helfen, hat mich aber nicht hochbekommen. fiel auf mich drauf und blieb dort wie selbstverständlich liegen. Die tiefen Einblicke die sie zu bieten hatte, waren nicht von schlechten Eltern. Sie machte aber keine Anstalten mich aus dieser misslichen Lage zu befreien, im Gegenteil, sie flüsterte mir ein eindeutiges Angebot in mein Ohr, dass ich sogar ein wenig rot wurde. Wir rafften uns auf, krabbelten noch auf allen vieren umher, als Susi plötzlich in der Tür stand und fragte: „Kann ich vielleicht helfen, oder kommt ihr zurecht?" Ich beruhigte Susi, das alles nur so aussieht und ich nur mit dem Koffer gestolpert bin. Ich weiß nicht ob sie mir geglaubt hat, sie hat jedenfalls nichts mehr gesagt. Ich stellte dann den zweiten Koffer noch in Emilias Flur, schaute tief in ihre Augen, wackelte mit dem Kopf, was so viel wie nein bedeutete. Emilia kam zwei Schritte auf mich zu, schlug das rechte Bein um meinen Unterleib, klemmte mich ein, gab mir auf die Wange einen Kuss und sagte:

„Schade". Emilia ließ uns dann eine viertel Stunde warten. Ich glaube sie wollte erst hören, ob wir uns streiten. Aber da kannte sie Susi nicht, die musste erst alles verdauen und schoss dann meistens noch eine geraume Zeit mit verbalen Spitzen. Aber so, dass die anderen es nicht mitbekommen haben.

Wir hatten uns gerade noch etwas zu trinken geholt, da kam dann Emilia auch schon mit einer geöffneten Flasche Sekt. Sie fing gleich wieder an zu erzählen, was sie so alles erlebt hatte und dass aus dem Hotelkauf nichts geworden ist, weil ihr Exmann, mit dem sie geschäftlich noch leiert ist, dieses Projekt für unrentabel hält. Emilia zwinkerte immer wieder zu mir rüber und blinkerte, wie die Loren mit ihren großen angeklebten Wimpern. Susi bekam das natürlich mit und bat mich, ich möge mich mit meinem Stuhl ein wenig zu ihr drehen, Damit sie Ihre Füße bei mir ein wenig hochlegen kann. Da Tomash auf den letzten freien Stuhl lag, ging es nicht anders. Als sie dann die Füße hochlegte, blinzelte Susi zu Emilia und setzte ein schelmisches Grinsen auf, denn gleichzeitig spielten ihre Zehen bei mir im Schritt. Ich dachte nur was geht denn hier ab, und stellte im selben Moment fest, Susi hat die ganze Sache im Griff, denn die hübsche Schweizerin kippte plötzlich ihr Sektglas aus und sagte: „das kann man ja nicht mit ansehen" und zog zickig wie eine Diva von dannen. Susi spielte weiter mit ihren Füßen an mir und fragte mich: „na wie war ich, kannst dich jetzt entscheiden, entweder du grabbelst mit Emilia auf dem Boden herum, oder wir treffen uns gleich bei uns im Bett. Im selben Augenblick stand meine Susi auf küsste mich auf meine schon kahl werdende Stirn, sagte das sie mich liebt und ließ mich völlig perplex zurück. Ich beeilte mich mit dem Tisch abräumen und forderte Tomash auf mitzukommen, da er sich neuerdings immer zum Schlafen, im Wohnzimmer auf einen von den beiden grünen Ledersessel legte. Ich ging noch kurz ins Bad um dann unter Susis Bettdecke zu huschen. Irgendwann es war schon gegen 04:00 Uhr sind wir dann vor Erschöpfung eingeschlafen.

Am nächsten Morgen sind wir dann trotzdem zeitig auf den Beinen gewesen, haben nur ein paar Kekse gegessen und einen kalten Dosen-Cappuccino getrunken und haben die Tour nach Fonyod über

Balatonlelle zwar etwas später begonnen, aber wir hatten ja noch den ganzen Tag Zeit. Wir haben uns von Tomash wieder verabschiedet und haben den armen kleinen Kerl mit der Halskrause wieder allein lassen müssen. Heute Abend, so hatten wir beschlossen, wollten wir ihn von diesem schrecklichen Teil befreien. Dazu habe ich, bevor wir losgefahren sind noch einmal Judith angerufen und sie gefragt ob es nicht langsam Zeit wäre, Tomash von der Halskrause zu befreien. Ich erzählte Judith am Telefon, die Wunde ist total trocken, nur etwas Grind von getrocknetem Blut ist noch zu sehen. Judith sagte, wir sollen das dann aber beobachten, denn es könnte sein, das Tomash jetzt die Wunde leckt, weil er jetzt wieder volle Bewegungsfreiheit genießt. Sie wollte uns noch etwas Schönes erzählen, sah aber ein, dass wir es eilig haben und sagte dann: *„Na das hat aber auch Zeit bis morgen, habt einen schönen Tag"* Wir hatten das große eiserne Hoftor schon geöffnet, wollten gerade losfahren, als Emilia in ihrem Auto wie eine Irre, staub aufwirbelnd vom Hof gerast ist. Wir haben durch das telefonieren, schlichtweg nicht bemerkt, wie sie sich hinter uns in ihr Auto geschlichen hat. Susi machte den obligatorischen Handscheibenwischer und murmelte in sich, nicht gerade die feinsten Worte. Auf dem Weg runter zur Hauptstraße winkten wir Gabor wieder zu und hielten aber heute nicht an, sondern bogen gleich auf die Hauptstraße in Richtung Balatonlelle nach links ab.

Heute spielte Susi den Fremdenverkehrsführer und zitierte aus einem kleinen Touristenführer vom Automobilclub, den uns der Verein kostenlos zugeschickt hatte. Susi las vor: *„Balatonlelle gehört zu den beliebtesten Ferienorten am Balaton und liegt am Südufer des Plattensees mit gut 5100 Einwohnern. Balatonlelle ist ein Badeort für Jung und Alt. Hier gibt es einen 3 km langen Sandstrand, der zum Schwimmen und Entspannen einlädt sowie zahlreiche Ferienhäuser und Ferienwohnungen, die zum bequemen und komfortablen Übernachten gebucht werden können."* Ich habe dann Susi unterbrochen und fragte, ob da nicht irgendetwas von einem Campingplatz steht. Susi schaute mich an und schüttelte den Kopf. *„Müssen wir halt die Augen offenhalten. Es ging damals eine Bahnlinie direkt am Campingplatz vorbei."*

Sagte ich zu Susi. Die schaute jetzt wieder in ihren Reiseführer und las wieder aus dem selbigen: *„Der Strand in Balatonlelle ist der schönste am Balaton. Dies liegt nicht zuletzt daran, dass er sehr sauber und gepflegt ist."* Wir haben dann wieder unser Auto abgestellt und sind dann zu Fuß weitergegangen, um den Ortskern zu erkunden.

In der Innenstadt des Ortes, die nur wenige Meter vom Strand entfernt ist, war der Mittelpunkt, der St. Stefans Platz. Von hier aus gingen wir die Fußgängerzone entlang, in der sich viele Geschäfte, Bars und Restaurants befanden. Wir kauften natürlich wieder viele sinnlose Mitbringsel, die zu Hause trotzdem Freude bereiten sollten. Wie wir lesen konnten, hatte Alles bis spät in die Nacht geöffnet. Die Fußgängerzone und die kleinen Gassen, welche uns regelrecht zum Spazieren gehen einluden, führten uns bis zum schönen Hafen. Der Hafen war wirklich eine Sehenswürdigkeit von Balatonlelle. Gereizt hätte uns auch eine Schiffsrundfahrt, die wir hätten vom Hafen machen können.

Wir sind dann auch wieder zum Auto zurück und haben uns in Richtung Fonyod in Bewegung gesetzt. Meine Frau und Ich schauten zwar noch nach Campingplätzen, aber nichts sah so aus wie vor 31 Jahren, als ich das letzte Mal hier war.

Wäre vielleicht auch zu viel verlangt, wenn sich nichts geändert hätte. Sollte also nicht sein. Unser nächstes Ziel, die Innenstadt von Fonyod mit seinem weltweit bekannten großen Pullover Markt rückte näher. Mein Schatz las zur Abwechslung, mal wieder aus ihrem Reiseführer vor. *„Die Geschichte von Fonyód geht bis in die Antike zurück. In den Armen der vulkanisch anmutenden Berge liegt die Siedlung von Fonyód, touristisch bekannt geworden durch die mitten im Fonyóder Sumpf gelegene Burg namens „Adlerhorst". Die Burg und die umliegende Gegend wurden in den ehemaligen Türkenkriegen fast vollständig zerstört. Noch einige antike Sehenswürdigkeiten erinnern an diese Zeit. Erst Anfang des 19. Jahrhunderts investierten reiche Geschäftsleute in die Stadt Fonyód, so dass sie schnell zu einer* *angesehenen Gemeinde mit einer guten Verkehrsanbindung wurde"*

In Fonyod angekommen fanden wir wie durch ein Wunder, sofort einen Parkplatz. Der hat zwar Geld gekostet, aber das war uns egal. Susi machte den Vorschlag, bevor wir uns in das Markttreiben stürzen, in dem kleinen Straßencafé, am Parkplatzeingang, einen Kaffee zu trinken. Da das Frühstück an dem Tag etwas mager ausfiel, haben wir zwei von den lecker aussehenden Kuchenteilchen bestellt. Der nach den äußeren Umständen, selbst gern Kuchen essende Kellner fragte, nachdem er mit der linken Hand seinen Bart zwirbelte und mit der rechten Hand unseren Kuchen und Kaffee auf dem kleinen runden Bistrotisch abgestellt hat: „Sind sie heute Morgen aus dem Bett gefallen?" Ich habe ihm dann erzählt, dass wir zum berühmten Pullover Markt wollen und um einen Parkplatz zu ergattern, so zeitig losgefahren sind. Der Kellner verzog plötzlich sein Gesicht und sagte: „Da sind sie heute falsch, der öffnet nur am Donnerstag." Wir berieten dann was wir nun machen, ohne auf ein gemeinsames Ergebnis zu kommen. Der Kellner brachte die Rechnung, wir haben uns verabschiedet und sind in Richtung Hafen gelaufen. Wir wollten wenigstens sehen ob er wirklich ein touristisches Aushängeschild ist.

Er war es tatsächlich. Alles sah sauber aus und es schien auch neu gepflastert zu sein. Vor den, wie an der Perlenschnur aufgefädelten Restaurants und Bars, standen überall Blumenkästen, die farbenfroh bepflanzt wurden. Am Pier stand ein Fahrgastschiff, was noch völlig leer schien. Vor dem kleinen Steg der auf das Fahrgastschiff einlud, stand ein gut gekleideter Fahrgastschiffkapitän mit seiner noch besser aussehenden Fahrgastschiffschiffsbeglciterin, die durch freundliches Fragen, die vorbeikommenden Touristen einluden, zwei Stunden auf ihrem Fahrgastschiff zu verbringen. Mit weißer Kreide stand 10:00 Uhr auf einem, von einer Brauerei gesponserten Schild, was wohl die Uhrzeit des Abfahrens war. Wir überlegten nicht lange und entschieden uns für eine Runde auf dem Balaton. Wir warteten noch etwa 15 Minuten und dann schipperten wir los. (Foto Hafen Fonyod)

Nach zwei Stunden waren wir wieder da und spürten eine leichte Veränderung an uns. Wir saßen die ganze Zeit draußen und die Sonne hatte Zeit, sich nicht nur in unser Gedächtnis einzubrennen, denn den Sonnenbrand sollten wir so schnell nicht vergessen, nein, sie brannte sich natürlich auch in unsere Haut. Dabei hat die nette alte Dame am Ticketschalter uns Sonnencreme angeboten, aber wir wollten wieder sparen und wie sich wieder mal zeigte, am falschen Ende.

Um uns wenigstens von innen abzukühlen, haben wir uns in das italienische Eiscafé gesetzt, welches heute Morgen noch geschlossen hatte und ließen uns vom italienischen Kellner einen Eisbecher bringen. Susi bestellte wie immer einen Erdbeereisbecher mit viel Sahne und ich gönnte mir vier verschiedene Kugeln vom Joghurt und Quark Eis. Die Eisbecher kühlten natürlich nicht, aber sie trösteten ein wenig. Wir sind dann wieder zurück zum Parkplatz gelaufen und anschließend in Richtung Zamardi gefahren. In Balaton-Lelle, sind wir rechts abgebogen und einem Schild gefolgt, welches auf einen Museumshof mit Reitanlagen hindeutete.

„Radpuzda" stand auf dem Wegweiser, worunter wir uns erst einmal nichts vorstellen konnten. Mein Navigationsgerät, kannte es nicht. Wir fuhren etwa drei Kilometer, dann mussten wir noch einmal links abbiegen. Hier wurde es auch zunehmend grüner, bis wir in eine mit Tannenbäume übersäten schöne Waldreiche Gegend kamen. Der Parkplatz war, als wir ankamen, fast leer. Ich vermutete sogar, dass wir wieder zum falschen Zeitpunkt da waren und der Reiterhof geschlossen war. Vor dem Reiterhof standen übergroße aus Holz geschnitzte Figuren. Dann hat Susi einen verglasten mit Reet bedeckten Informationsstand gefunden. *„Komm hier her Mario hier schauen wir erst einmal, denn das sieht aus als wäre das hier ein sehr großes Gelände."*

Susi hat wieder vorgelesen: *„Rádpuszta wurde bereits in der Mitte des X. Jahrhunderts erwähnt. Nach der Überlieferung erhielt der kleine Ort seinen Namen nach dem Sohn eines Ritters István des I., namens Rád"*. Sie machte kurz Pause um mit ihrem Trinkwasser kurz das verbrannte Gesicht zu kühlen und hat dann weiter vorgelesen:

„Hier findet man auch eine Kirchruine aus dem 13. Jahrhundert im spätromanischen Stil vor, welche bis heute als Veranstaltungsort für Konzerte und Hochzeiten dient.

Einige Jahrhunderte später, genauer 1997 begann mit dem Kauf eines baufälligen Gebäudes die Entstehung des heutigen, sich auf eine Fläche von 6,5 Hektar erstreckende Zentrums in der knapp 150 Einwohner" „Danke Susi, mein Schatz, hast du gut gelesen." sagte ich und gab ihr ein Küsschen.

Die Rádpuszta erwartete uns mit unvergesslichen Erlebnissen und unauslöschlichen Eindrücken. Für Ruhesuchende wie uns beide, war es ein idealer Platz zum Ausspannen und Erholen, beispielsweise bei einer Fahrt mit der Pferdekutsche, die uns durch die umliegenden Weinberge führte. Die Kutschfahrt tat besonders gut, denn der Fahrtwind kühlte unseren Sonnenbrand am Arm und im Gesicht. Gegessen haben wir allerdings nicht, denn uns wurde zunehmend übel, was an der Kutschfahrt gelegen haben kann, aber auch der Sonnenbrand kam in Verdacht.

Eigentlich wollten wir auch was essen, aber leider gab es keinen originalen ungarischen Palatschinken. Den wollte ich eigentlich noch einmal essen bevor wir am Montag früh, in Richtung Heimat aufbrechen. Mein Schatz konnte sich aber erinnern, dass kurz vor Szantod, ein neugebautes kleines Restaurant, damit geworben hat, die besten Palatschinken in der Balaton-Gegend zu backen. Natürlich mussten wir auf dem Rückweg dort anhalten. Es war eigentlich ein umgebautes Haus, welches dann als kleines Restaurant herhalten durfte. Es war schon gegen 17:00 Uhr, als wir das Restaurant betraten und waren wie auf dem Reiterhof auch, die einzigen Gäste. Nur das auf dem Reiterhof kurz nach uns, ein Bus mit Wiener Tagestouristen ankam und etwas Leben in die gesamte Anlage brachten. Wir haben dann jeder zwei gefüllten Palatschinke bestellt. Susi hat sich ihre mit Pflaumenmus füllen lassen und meine ungarischen Eierkuchen habe ich mit Nuss Nougat Creme gegessen. Wir haben dann ein wenig mit der Kellnerin gesprochen, die auch sehr gut deutsch sprechen konnte. Weil ich wissen wollte, wer sich so ein schickes Haus mit einem parkähnlichen Garten bauen lässt, um nicht selber drin zu wohnen. Die Kellnerin erzählte, dass der Besitzer ein in Budapest lebender Ungar ist und sein Geld mit Immobilien gemacht hat. So lange er noch Häuser und Grundstücke verkauft, will er in Budapest bleiben, erzählte sie weiter. Foto: „Villa Boglarka" mit Restaurant „Panzio"

Jetzt wurde es aber auch Zeit wieder zurück zu fahren, denn wir wollten uns noch ein wenig in unsere kleine Sitzecke setzen und es uns gemütlich machen. Vorher aber mussten wir uns noch etwas festes Obst und haltbare Lebensmittel besorgen, die auf der Rückfahrt nicht schlecht werden können. Dazu hielten wir noch einmal an einem Supermarkt an und kauften uns einige Sachen, die wir mit nach Hause nehmen wollten. Für unterwegs hatten wir nur Wasser, Bananen und Maisbrot. Aber für zu Hause nahmen wir beispielsweise Traubisoda, Palinka und natürlich ungarische Salami mit. Da wir eine 12Volt getriebene

Kühltasche hatten, sollte das kein Problem sein.

In Zamardi am Ferienhaus wieder angekommen, haben wir alles erst einmal ausgepackt und unseren kleinen Tomash begrüßt. Er schnurrte so laut, man hätte denken können, er hatte irgendwo einen Motor eingebaut. Essen wollten wir an dem Abend nichts mehr, aber Durst, den hatten wir noch reichlich, da meine Susi und ich nie viel trinken, wenn wir unterwegs sind.

Nachdem wir Tomash was Frisches zu fressen gegeben haben und er alles ratzekahl aufgefressen hatte, gesellte er sich auch zu uns. Er sprang wieder auf seinen Campingstuhl, legte sich nicht hin wie er es immer tat, sondern stupste mich mit seiner kalten Nase immer wieder an. Danach schaute er mir mit einem tief durchbohrenden Blick in die Augen und schnurrte wieder so laut, als schien er mir wieder etwas sagen zu wollen. Tomash, na klar, wir wollten dich doch von der elenden störenden Halskrause befreien. Nichts leichter als das, denn die Halskrause wurde wie ein Gürtel zusammengehalten. In dem Moment wo ich das schreckliche

Teil aufmachte, wand er sich unter meinen Armen unten durch und sprang wie entfesselt auf dem Hof umher. Er sprang auf seinen Campingstuhl, auf Susis Schoß, dann zu mir, von mir auf den Tisch und so ging das noch eine ganze Weile weiter. Er war jetzt wie entfesselt, was auf einer Art ja auch stimmte. Susi fragte bei dem Anblick: „Wie es wohl unserem Max zu Hause ergeht?" Ich versuchte ihr dann zu erklären, dass sie sich beruhigt nach hinten lehnen kann um noch einen Cuba Libre zu genießen und erzählte ihr noch von dem E-Mail, welches ich von Meike und Andi bekommen habe, wo geschrieben stand, dass es dem kleinen Max sehr gut geht und wir lieber hier am Balaton bleiben sollen, denn in Rostock wäre gerade nasskaltes Regenwetter und auch nur 18°C im Schatten.

Ich bin dann noch einmal in meinen Badeschlappen zum Hoftor geschlurft, was ich eigentlich zusperren wollte. Ich lehnte mich mit beiden Armen auf das rostige Metalltor und wurde ein klein wenig Melancholisch. Eigentlich gefällt es dir doch hier, dachte ich. Warum ziehen wir nicht einfach nach Ungarn, andere Menschen ziehen doch auch dahin wo es ihnen gefällt. Wieviel Deutsche wandern jedes Jahr nach Spanien oder nach Kanada aus, warum soll das nicht möglich sein, nach Ungarn auszuwandern, ging mir durch den Kopf. Am Freitag, dem 28.August 2009 lehnte ich also über einem rostigen alten ungarischen Hoftor und habe das erste Mal in Erwägung gezogen nach Ungarn, an den Balaton auszuwandern. Ich habe es erst einmal für mich behalten und wollte keine schlafenden Hunde wecken, aber der Traum war geboren. Da Susi meine Sprunghaftigkeit kannte, würde sie sicher wieder mit ihren Sprüchen kommen wie: „Hast du dir das überhaupt richtig überlegt" oder „Wovon willst du denn leben?" und so weiter. Ich bin dann auch noch mal zu dem abgebrannten Haus von den zwei alten Leuten gegangen und habe mir die Ruine noch mal angesehen. Es war noch nicht ganz dunkel, deshalb konnte ich heute etwas mehr erkennen. Ich sah beispielsweise einen großen Garten, der hinter dem ehemaligen Haus bewirtschaftet wurde. Gegenüber von der Ruine befand sich ein uralter Schuppen, der aus Lehm vor vielen Jahren hochgezogen wurde und noch ein intaktes

Reetdach besaß. Es war durch den Brand am Haupthaus nur leicht in Mitleidenschaft gezogen worden. Und das schönste was ich sah, war ein gemauerter Brunnen, der mitten auf dem Hof stand. Das Reetdach vom Brunnen, das war abgebrannt, aber auch das konnte ersetzt werden. Ich wollte gerade in die Ruine einsteigen, stellte aber fest, meine Badelatschen waren hierzu kaum geeignet. Im selben Moment knatterte ein aus der alten DDR stammendes S50 vorbei, wendete und kam zu mir zurück. Auf diesem Moped saß ein etwa 60-jähriger Mann mit Halbklatze, untersetzter Figur und sprach irgendetwas in ungarischer Sprache zu mir. Ich machte ihm klar, dass ich kein Ungarisch verstehe und auch nicht sprechen kann, als er plötzlich sagte: *„Warum sagst du das nicht gleich? Ich stamme aus Jena in Thüringen."* Er hörte gar nicht wieder auf zu erzählen und beichtete mir in kurzer Zeit sein ganzes Leben. Er wäre schon zu DDR Zeiten an den Balaton, in den Urlaub gefahren, ist Mitte der neunziger Jahre schwer krank gewesen, wurde dann Frührentner, worauf sich seine Frau von ihm getrennt hat, usw. Ein trauriges Schicksal, dachte ich und wollte nun aber Wissen, wie er hier an den Balaton gekommen ist. Er berichtete weiter, dass seine Bekannten hier an den Balaton in den Urlaub gefahren sind und sie sich sehr gut verstehen, ist er noch einmal mitgefahren. Hier hat er dann eine Ungarin kennen gelernt, hat sich in sie verliebt und ist ein Jahr später an den Balaton gezogen. „Ach so, ich heiße Klaus" sagte er. „Angenehm, ich heiße Mario" sagte ich zu ihm. Er wollte dann wissen, warum ich mich für die abgebrannte „Hütte" interessiere und erzählte das man sie kaufen kann. Die Einheimischen würden sie angeblich nicht kaufen, weil sie mit so etwas ähnlichem wie ein Fluch belegt ist, sagte er. *„Ja ja ich weiß, ich kenne diese Geschichte und ich kenne auch den Kater, der dafür verantwortlich sein soll."* Sagte ich zu Klaus. In dem Moment kam auch schon der kleine Tomash, sprang mir auf den Arm und zeigte dem gesprächigem Klaus zu wem er gehörte. *„Oh oh, wenn du mich mal besuchen willst, bring bitte den Kater nicht mit, meine Frau lässt dich sonst nicht rein,"* sagte er und zeigte auf das kleine beigefarbene Haus am Ende der Straße und sagte weiter: *„Da vorn an der Ecke, da wohne ich"*. Klaus hatte immerhin so viel Mut, dass er den kleinen Tomash streichelte. „Du kannst ihm auch einen Wunsch ins Ohr flüstern, wenn du willst", sagte ich zu ihm, worauf Klaus antwortete: „Glaubst du etwa an den Quatsch?" Ich wusste nicht was ich sagen sollte. Gott sei Dank, erzählte Klaus von allein weiter und bot bei Interesse an, auf der Gemeinde mal nachzufragen was die Hütte kosten würde. Warum nicht, dachte ich und gab Klaus eine von meinen Visitenkarten. Ich schrieb mir seine Adresse auf und wir verabschiedeten uns erst einmal. Er fuhr wahrscheinlich wieder nach Hause und mir geisterte jetzt ein greifbarer Traum durch den Kopf.

Susi kam mir entgegen und wollte sofort wissen, wer das mit dem knatternden Moped war. *„Das war nur Klaus aus Jena, der jetzt hier lebt, der kam zufällig vorbei"*, versuchte ich ihr ganz unschuldig beizubringen. Wir gingen dann beide Hand in Hand zu unserer Sitzecke, Tomash trottete voraus, ich verschloss das Tor und der Abend neigte sich dem Ende. Am nächsten Morgen frühstückten wir beide sehr ausgiebig, denn wir wollten auf das Mittagessen verzichten, weil wir am Abend mit unseren neuen Freunden im Csardas-

Restaurant verabredet waren. Nach dem reichlichen Frühstück bin ich zur Tankstelle gefahren um unser Auto mit Diesel voll zu tanken, da mein eigentlicher Plan war morgen am Sonntag, das Auto nicht mehr zu bewegen und es dann schon Startklar für Montagfrüh stehen zu haben. Da es ja unser vorletzter Tag mit Tomash war, habe ich die Kofferraumklappe aufgemacht und ihn noch einmal eine Runde im Auto mitgenommen. Er sprang auch anstandslos hinein, gerade so, als würde er es jeden Tag tun. Wir fuhren hinunter zur Hauptstraße und hielten kurz bei Gabor am Restaurant, wo ich ein heftiges Treiben feststellte. In der Ecke der Terrasse ließ Gabor aus Europaletten gerade eine kleine Bühne zusammenschrauben. Er selbst kam auch gerade angelaufen und hatte eine Rolle grünen Kunstrasen unter dem Arm, die er auf die Paletten tackern wollte. Ich wollte wissen, auf wen man sich heute Abend freuen kann. Daraufhin schaute mich Gabor etwas komisch an und fragte mich ganz kleinlaut: „Na, wolltest du mit deinem Bekannten nicht zusammen etwas singen?" Ich versuchte Gabor dann den großen Aufwand auszureden, was aber von vorn herein, zum Scheitern verurteilt war. Er war ein Ungar, er hatte seinen sturen Kopf und Geschenke oder Gefälligkeiten abzulehnen, ging gar nicht. Ich habe dann für mich beschlossen, noch ein wenig Texte zu lernen. Dachte ich jedenfalls, denn als ich mit Tomash vom tanken zurückkam, stand Klaus mit seinem S50 in der Hofeinfahrt und übergab meiner Susi gerade einen Zettel. Am liebsten wäre ich ja im Auto sitzen geblieben, das ging natürlich nicht, ich musste wohl in die Höhle des Löwen klettern.

Ich war noch gar nicht ganz ausgestiegen, da kam schon der erste Satz entgegengeflogen: „Kannst du mir das mal erklären". Klaus der schnell merkte, was er angerichtet hatte, schwang sich hurtig auf sein Moped und verschwand in Richtung seinem zu Hause. Ich versuchte Gift aus der angefangenen Unterhaltung zu nehmen, in dem ich mich in die Sitzecke verkroch und erst einmal nichts sagte. Tomash muss auch gemerkt haben, dass die Luft zu brennen begann, denn er ist aus dem Auto gesprungen und Schnurs Trax in der Ferienwohnung verschwunden. Susi setzte sich dann zu mir und gab mir den Zettel. Ich versuchte ihr zu erklären, dass noch nichts beschlossen ist, worauf sie zornig antwortete: *„Das wäre ja auch noch schöner, wenn du ohne mich schon was beschlossen hättest"*. Ich schaute erst einmal auf den Zettel und konnte kaum fassen was da geschrieben stand: *„Pass mal auf Susi, das musst du gehört haben, pass auf, hier steht."* „Hallo Mario, da nach dem Tod der beiden Alten keine Erben zu finden waren, fiel das Grundstück und die Ruine der Gemeinde zu. Weil das jetzt ein Schandfleck ist und die Gemeinde kein Geld für die Sanierung hat, will sie es günstig verkaufen. Hier steht, 1000 € wollen die nur haben." Erzählte ich meiner Frau. Sie sagte nachdem sie das gehört hat:

„Die müssen doch eine oder sogar zwei Nullen vergessen haben. Ich glaube das nicht"

Ich versuchte meiner Frau begreiflich zu machen, dass sie das glauben kann, weil die Frau von Klaus auf der Gemeinde arbeitet und dort wohl auch direkt damit zu tun hat. Ich habe meiner Frau dann versprochen, keine Alleingänge mehr zu machen. Grundsätzlich hätte sie nichts gegen eine Auswanderung, weil man sie seit der Wende nur noch veralbert hat. Zu Zeiten der DDR hat sie große Supermärkte geleitet und später sogar als Filialbereichsdirektorin viele kleine Lebensmittel -Verkaufsstellen geführt. Nach der Wende wurde sie nicht mehr gebraucht, auch ihr Ökonomiestudium wurde nicht anerkannt. Sie hat dann fast nur noch im Billiglohnsegment und als Mini-Jobberin gearbeitet. Sie war zurecht frustriert, weil die blühenden Landschaften, sich in unverstandene Wüsten verwandelt haben. Bei mir waren es ganz andere Gründe. Mir gefielen einfach die Menschen und die Landschaft rundum den Balaton.

Wir haben uns wieder zusammengerauft und haben, bei einigen Cuba Libre, noch ein wenig gesponnen. Wir malten uns dann aus wie alles aussehen könnte. Die 1000€ waren nicht das Problem. Damit das Grundstück erst einmal gesichert ist, hätten wir das Geld am liebsten gleich heute überwiesen.

Nach dem der Streit wieder beigelegt war, wurde es auch wieder ruhiger, so dass sich unser kleines Sensibles Katertier auch wieder aus dem Haus getraut hat. Tomash scheint insgesamt was zu spüren. Ich weiß nicht wie und was er spürt, aber er bewacht eigentlich schon seit gestern, die große Reisetasche, die Susi schon zum hineinwerfen, der schmutzigen Wäsche stehen hatte. Er hat sogar in der Reisetasche genächtigt. Genauer gesehen glaub ich sogar manchmal an spirituelle Dinge. Bei den Katzen gibt es allerdings eine auch mir logisch erscheinende Erklärung. Ich bin mir sicher, dass sie viel mehr sehen oder Wahrnehmen als wir Menschen! Ich habe schon oft gehört und selbst an unseren Max gesehen, wie er manchmal in der Nacht oder auch am Tag, einfach so bis zu einer viertel Stunde lang, einfach so in die Luft schaut, oder an die Zimmerdecke starrt und sich nicht bewegt, oder rührt. Ich habe mal gelesen, dass Katzen lauernde Jäger sind. Sie hören um ein vielfaches besser als wir Menschen und wenn ein Akustischer Reiz sich ihrem Blickfeld entzieht drehen sie die Ohren, wenn das nicht reicht folgt eine Drehung des Kopfes und eine Sondierung mit den Augen. Dadurch entsteht der Eindruck das sie Dinge sehen die wir nicht sehen. Richtiger wäre also, Katzen hören Dinge die wir nicht hören. Wie auch immer, ich glaube Tomash ist was Besonderes. Max bei uns zu Hause, den wir Gott sei Dank, auch bald wiedersehen werden, ist auch etwas Besonderes, aber irgendwie auf eine andere Art. Etwas Übersinnliches steckt in Tomash, ich weiß bloß noch nicht was das ist.

Es war gegen 15:00 Uhr, als völlig unerwartet unser Vermieter Janosch zu unserer Sitzecke kam und heute schon die Abrechnung machen wollte, weil er, wie er sagte, am Sonntag nicht da wäre. Janosch war ein untersetzter kleiner Mann, der aber recht kräftig aussah. Er war, wie viele Ungarn, von der Sonne dunkelbraun gegerbt und trug einen dicken buschigen weißen Oberlippenbart. Ich bat ihn sich zu setzen und bot ihm einen Kaffee an. Den er dankend annahm. Es folgte der übliche Smalltalk und dann kamen wir auch schon zum Wesentlichen. Susi fragte dann, völlig unerwartet, ob man auch für eine längere Zeit bei ihm übernachten könnte. Das wäre an sich kein Problem, erzählte Janosch, aber im Winter würden er und seine Familie unsere Ferienwohnung selber privat nutzen. Aber die zweite Wohnung würde ab 1. Oktober frei werden, denn Frau Emilia Gürkli würde ausziehen. Susi bohrte weiter: *„Darf man fragen warum Emilia auszieht?"*

Janosch erzählte weiter in schlechtem Deutsch, dass Emilia ganz kurzfristig ihre drei Ferienhäuser, die direkt am Strand von Zamardi stehen, verkauft bekommen hat. Aber das wäre nicht schlimm, denn er müsste die Garagen Wohnung sowieso einmal gründlich renovieren, weil von Emilia alles verqualmt wurde. Eventuell würden wir ab dem Frühjahr eine Unterkunft brauchen, erzählten wir ihm dann.

„OK, meldet euch dann bis Ende Februar, denn ab da will ich sie im Internet anbieten." Gab er uns zu verstehen. Wir verabschiedeten uns und wünschten uns gegenseitig alles Gute. Als er weg war schaute ich meine Frau an, worauf sie sagte: *„Ich kann das auch."* Und gab mir einen Luft Kuss. Sie hatte ja recht, eine kleine Revanche hatte ich verdient. Einen Vorteil hatte Susis alleiniges Vorpreschen schon, denn sie hat wie man so sagt, Nägel mit Köpfe gemacht. Wenn wir uns erst einmal auf ein Ziel eingeschossen hatten, dann musste es auch losgehen. Wobei das

bisher so war, dass ich der Vorprescher war und wenn es dann losging, hat meine Frau stets die Zügel in die Hand genommen.

Die Zeit verging, es war schon 17:30. Wir mussten uns jetzt schnell umziehen, denn wir hatten ja heute noch unseren Abschieds Abend, mit Judith der schlanken und rothaarigen Tierärztin, ihrer Zweimeter großen und kräftig gebauten Frau Barbara, mit Gabor dem Csardas Besitzer, der mit seinem Bart auch aussah wie Josef Stalin sowie mit Udo dem glatzköpfigen und spindeldürren Sozialarbeiter aus dem Schwabenland.

Wir waren gerade umgezogen, als es draußen laut hupte. Judith und Babsi waren da. Wir hatten Judith, für den Fall, dass sich bei Tomash doch noch was entzünden würde, unsere Adresse gegeben. Sie stiegen aus dem Auto und Judith rief gleich von weitem:
„Keine Panik, ich will nur noch einmal selber nach Tomash sehen, denn wenn ich schon mal hier in der Nähe bin, mache ich das gern."

Judith schaute sich den kleinen Tomash an und stellte fest: „Na da ist der kleine

Tomash aber wieder fein Gesund geworden, das Fell wächst auch schon wieder drüber, na so was Feines, du du du." Judith sprach mit dem kleinen Kerl, als wäre er ein kleines menschliches Baby. Ich glaube das steckt in Vollblut Tierärzten so drin. Wir haben uns dann fertig zurechtgemacht und wollten loslaufen. Tomash blieb heute die erste Nacht draußen, konnte aber wenn er wollte durch eine geöffnete Klappe in die Veranda, um sich dort auf einen Stuhl zu legen und zu schlafen. Babsi und Judith haben uns dann aber mit ihrem Jeep mitgenommen, das war gut, denn so brauchten wir nur die Strecke zurück vom Csardas-Restaurant von Gabor in das Ferienhaus laufen. Wir waren zwar etwas früh im Restaurant, was nichts machte, denn Udo war auch schon da. Er brachte doch tatsächlich seine zwei Gitarren mit, die er gerade stimmte. Wir begrüßten uns erst einmal alle, was aber eine längere Zeit in Anspruch nahm, weil Udo und Gabor, Babsi und Judith noch nicht kannten. Wir haben dann am Tisch Platz genommen und lernten uns erst einmal kennen. Jeder redete durcheinander, es war auch ganz schön laut, bis eine junge ungarische

Schönheit, die von Gabor an diesem Abend als Service-Kraft engagiert wurde, an den Tisch kam und die Getränke aufgenommen hat. Gabor wollte auch mal mitfeiern hat er gesagt und ließ heute Kinder arbeiten, dachte ich. Was sollte ich auch anderes Denken, denn jung sah sie wirklich aus. Dann hat sich Judith erst einmal bei Udo bedankt, dass die Hilfe der schwer erziehbaren Jugendlichen aus Schwaben so wirkungsvoll funktioniert hat. Sie hat auch erzählt, dass als erstes die Anlage vom Müll befreit wurde, alle Tiergehege gereinigt und defekte Türen und Fenster repariert wurden. Judith und Udo erklärten übereinstimmend, dass die ganze Aktion ein Volltreffer geworden ist und bedankten sich bei mir, denn ich war es ja, der auf die für beide Seiten, gewinnbringende Idee gekommen war.

Die junge attraktive Kellnerin kam nun endlich auch mit den Getränken, was auch höchste Zeit wurde. Mir war der Mund schon wieder ganz trocken, was aber bei der trockenen ungarischen Hitze aber auch kein Wunder war. Wir tranken auf die Zukunft und auf ein gemeinsames widersehen. Essen haben wir dann auch bestellt, was auch eine Ewigkeit dauerte, denn jeder, ich inbegriffen, hatte wieder Sonderwünsche. Anschließend kam ich nicht drumherum das Messer zu nehmen um es gegen mein Bierglas zu schlagen, damit ein Glockenklarer Ton endstehen konnte um damit Alle zur Ruhe zu bitten.

„Ich möchte euch etwas sagen. Wir sind beide eigentlich nach Ungarn gekommen um Sonne, Strand und Party zu erleben. Dafür war letztendlich die Zeit zu knapp, aber gefunden haben wir neue Freunde, die tausendmal wichtiger sind als Strand und Sonne. Wir sind froh euch zu kennen und möchten euch mitteilen, dass wir beschlossen haben nach Ungarn auszuwandern. Wovon wir leben werden, wissen wir auch noch nicht, aber ein Grundstück haben wir schon gefunden." Totenstille herrschte am Tisch, bis Babsi zu mir kam, mich umarmte und alles Gute für die Zukunft wünschte. Sie waren erst einmal alle total überrascht und ich musste dann allen die Einzelheiten erzählen. Der eine oder andere hat sogar eine Träne verdrücken müssen. Die Emotionen waren aber so schnell wie sie oben waren, auch wieder unten, denn das Essen wurde gebracht. Susi hatte sich Gulasch mit Knödel bestellt und auf

meinem Teller lag fast ein ganzer Zander, na ja jedenfalls ein großes Stück davon. Zu ihm gesellten sich gebutterte Salzkartoffeln. Beim Essen war es eigentlich sehr ruhig am Tisch, bis die ungarische Folkloretruppe, bestehend aus zwei Gitarren und einer Geige auftauchte. Gabor rühmte sich damit, die Jungs extra wegen uns bestellt zu haben. Na ja, es schien ja allen zu gefallen, oder sie machten genauso gute Mime zu bösem Spiel wie ich. Ich finde ja das Land schön, auch die Menschen empfinde ich als äußerst angenehm, aber die ungarischen Zigeuner ähnliche Musik, die brachte die

kleinen Härchen in meinen beiden Gehörgängen zum Zittern. Als wir alle mit dem verspeisen der edlen Gerichte fertig waren, mussten wir erst einmal Gabor mit Dank überschütten, denn seine Köche hatten wieder einmal sagenhaftes geschaffen. Schon allein deshalb, würde es sich lohnen hierher zu ziehen, dachte ich. Als der Tisch leer geräumt war, alle wieder neue Getränke stehen hatten und bis auf Udo, auch alle einen Palinka vor sich hatten, haben wir auf die sagenhaften

Kochkünste angestoßen. Die Party kam so langsam in Gang. Nach dem die ungarische Folkloretruppe von Tisch zu Tisch gegangen war, um sich ihren Lohn abzuholen, ist Gabor mit der Truppe in der Küche verschwunden. Nach ungefähren zehn Minuten, gam Gabor in einer ungarischen Tracht mit der Kellnerin, die auch so eine Art Kostüm trug, aus der Küche wieder heraus und der Geiger hatte sich umgezogen und begann von Tisch zu Tisch zu gehen um weitere Bestellungen aufzunehmen. Verkehrte Welt, dachte ich.

Gabor ist dann mit der verkleideten jungen Kellnerin, auf die zusammengeschraubte aus Euro-Paletten bestehende Bühne geklettert, hat sich die dort stehende Gitarre um seinen Bauch geschnallt und sprach in das Mikrofon: „Es ist mir eine Ehre für meine neuen Freunde und auch für alle anderen übrigen Gäste, zusammen mit meiner Tochter Istvana, ein Lied vorzutragen. Wir singen ein aus Ungarn stammendes uraltes Volkslied, viel Spaß." Na, das war jetzt aber eine dicke Überraschung, damit hatte keiner gerechnet. Von wegen Kinderarbeit, es war der gastronomisch und familiäre Nachwuchs, denn Istvana war schon 19 Jahre alt und lernte schon Restaurantfachfrau. Der Geiger, der jetzt bediente, war Istvana Freund Tomash und Auszubildender in der staatlichen Kochschule in Siofok. So kann man sich irren und so entstehen Gerüchte, dachte ich und freute mich jetzt auf Gabors Vortrag. Sie sangen letztendlich sogar drei ungarische Volksweisen und auch hier muss ich sagen, Folklore ist nicht gleich Folklore. Das hatte auch nichts damit zu tun, dass Gabor ein Freund wurde, nein, was er mit Istvana gesungen hat, gefiel mir einfach besser als was die Schrammelband im Calypsosound versucht hat uns näher zu bringen. Mittlerweile standen die Leute sogar draußen auf dem Parkplatz und drinnen im Restaurant waren sowieso alle Plätze besetzt. Als Gabor und Istvana fertig waren, hat uns Gabor auf die Bühne gebeten. Udo und mir zitterten die Knie vor Lampenfieber. Wir spielten wieder allseits gängige Rock und Folktitel wie „Wish you where here" von Pink Floyd oder"Heart of Gold" von Neil Young. Die Leute tobten und forderten Zugaben. Ganz zum Schluss waren wir alle zusammen auf der kleinen

Bühne. Gabor, Udo und ich mit der Gitarre, Tomash an der Geige und Istvana hat mitgesungen. Der absolute Höhepunkt war der berühmte Song von der ungarischen Band OMEGA: „Schreib es mir in den Sand" Das Lampenfieber war wie weggeblasen, ich spielte irgendwas, wie in Trance. Es war ein wundervoller Abend. Danach wurde es etwas ruhiger, die Leute draußen auf dem Parkplatz gingen nach Hause und die Gäste im Restaurant, haben nacheinander bezahlt. Einige kamen nach unserer künstlerischen Darbietung sogar zu uns an den Tisch und haben gesagt, dass sie noch nie so einen schönen Abend hatten. Das brachte mich auf eine Idee, über die ich mit meiner Frau auf der Heimfahrt reden wollte. Mittlerweile hat Gabor schöne Tanzmusik aufgelegt.

Ein großer Tisch, außer dem unseren war noch besetzt. Das waren sechs Österreicher, mit kroatischen wurzeln, die aus Wien angereist waren um einen runden Geburtstag zu feiern. Wir und die kroatischen Ösis nutzten jetzt die Fläche vor der Bühne zum Tanzen. Es war schon recht lustig anzusehen, wie Babsi, die fast zwei Meter maß und Udo der ein

Gardemaß von 170 Zentimeter nicht überschritt, miteinander tanzten. Gabor und sein zukünftiger Schwiegersohn Tomash tanzten auch allein. Wir aus Deutschland sind das nicht unbedingt gewohnt, aber in den Ländern östlich und südlich unseres Landes, ist es durchaus üblich, als Mann allein zu tanzen. Es sei denn, die Alkoholkeule hatte zu geschlagen, was bei unserer Truppe mittlerweile der Fall war. Völlig losgelöst feierten wir in Richtung Nacht.

Zum Schluss haben wir, mit den Ösis die Tische zusammengeschoben und es gab ein herrliches europäisches Durcheinander.

Kurz vor zwei Uhr haben dann Ungarn, Deutsche und Österreicher mit kroatischen Wurzeln, Arm in Arm, einen griechischen Sirtaki getanzt. Herrlich! Leider gibt es davon keine Fotos. Ich weiß gar nicht mehr wie Susi und ich nach Hause gekommen sind, nur noch das Tomash vor dem Lokal gesessen hat und uns abholen wollte, was anscheinend auch geklappt hat, denn mittlerweile ist es Sonntag, ich liege im Bett und es ist fast 11:00. Susi hat mir dann erzählt, dass wir eine lange Abschied Szene hatten und wir uns alle mal wiedersehen wollen. Na ja, warten wir mal ab, dachte ich und habe mir ein Tuch mit eingewickelten Eiswürfel auf die Stirn gelegt.

Meine Frau hat dann, neben mir, wo ich meinen Rausch ausgeschlafen habe, unsere Koffer gepackt. Es lagen, als ich gegen 17:00 wach wurde, nur noch die Anziehsachen für morgen früh, draußen auf dem Stuhl. Tomash lag auf der großen Reisetasche und machte es sich bequem. Susi hat dann erzählt, das Tomash immer, wenn sie nicht da war und Sachen zum Einpacken geholt hat, er sich immer dann in die Tasche gelegt hat. Das Spiel, kennen wahrscheinlich alle Katzen auf der Welt, denn Max spielt das auch immer, wenn wir zu Hause die Koffer packen. Meinem Schatz ging es gut, denn nach eigener Aussage, hat sie gestern bei der Party nicht viel getrunken. Deshalb wusste sie auch noch alles und hat mir den einen oder anderen Satz noch mal erzählt, den ich im Alkoholrausch wieder von mir gegeben habe. Aber ich war nicht der einzige, sagt sie, alle wären gut drauf gewesen und da käme sowas vor, meinte sie mir noch sagen zu müssen. Ich machte mir schon sorgen, denn so liberal und entschuldigend geduldig kenne ich sie ja gar nicht. Ich habe dann noch gefragt: Schatzi, ist alles in Ordnung? Sie lächelte nur und sagte weiter: „Leg dich noch ein Weilchen hin, du musst morgen Fit sein, wenn wir nach Hause fahren. Ich ging wieder ins Bett, Tomash kam wieder mit und legte sich so, dass eine seiner kleinen Pfoten auf meiner lag. Das war so angenehm, auch wenn er ab und zu seine kleinen Krallen zeigte, was aber so sanft war, dass ich gleich wieder eingeschlafen bin.

Es war gegen 24:00 als ich wieder wach wurde und ein dringendes Bedürfnis verspürte. Ich musste unterwegs an der Veranda vorbei, von der ich auf den schwach beleuchteten Hof sehen konnte. Tomash war da draußen. Er war nicht allein, denn es waren noch drei andere Katzen da. Es sah wirklich so aus, als würden sie sich unterhalten. Und nicht nur das, sie schmusten richtig miteinander und knabberten sich liebevoll, gegenseitig an den Ohren. Eine von den drei fremden Katzen, eine wunderschöne rotbraune, hat mich plötzlich gesehen, fixierte mich mit ihren Augen, so dass ich Gänsehaut bekam. Ich blieb auch wie versteinert hinter der Tür mit der offenen Katzenklappe, die dort eingebaut war und die Tomash immer nutzte, stehen. Irgendwie verhielten sich die Katzen incl. Unserem Tomash, reichlich merkwürdig. Der rotbraune Tiger fixierte mich immer noch und auch von meiner Seite war keine Bewegung zu sehen. Es war ein skurriles Bild, denn mittlerweile schauten die drei fremden Katzen zu mir und schienen mich zu durchbohren. Nur Tomash der hielt sich mit der linken Pfote seine großen gelben Augen zu, als könne er diesen Anblick nicht ertragen. Es fing in meiner Nase an zu krabbeln und ich konnte nicht verhindern, dass ich niesen musste. Als wäre das der Startschuss gewesen rannten die drei fremden Katzen fauchend in Richtung Veranda und ich muss sagen, dass ich es mit der Angst zu tun bekam. Tomash blieb an seinem Platz sitzen, Miaute ganz laut und die fremden Felltiger bremsten genau vor der Katzenklappe ab, drehten sich um und gingen ganz langsam zu unserem kleinen Tomash wieder zurück. Es sah jetzt sogar so aus als würden sie sich jetzt gegenseitig mit den Pfoten abklatschen. Nach dem Motto gib Five. Da ja der eigentliche Grund, warum ich hier um 24:00 herum geisterte, ein ganz anderer war, bin ich jetzt schnell aufs Örtchen gegangen. Nach dem ich wieder zurück kam, habe ich noch mal nach den Katzen gesehen, aber die waren wie vom Erdboden verschluckt. Ich habe auch draußen nachgesehen, nichts zu finden. Auch Tomash war weg. Ich habe mich dann wieder in das Bett gelegt und bin gleich wieder eingeschlafen. Es war 05:00Uhr, wir wollten eh gerade aufstehen, denn eine lange Strecke lag vor uns, da spürte ich etwas kaltes und auch nasses an meiner Nasenspitze. Es war der kleine Tomash, der mit mir näselte. Als ich ihn sah, dachte ich nur, hast du das jetzt geträumt, oder hast du das heute Nacht erlebt. Ich bin dann erst mal ins Bad, habe mich frischgemacht, mich angezogen und gefrühstückt. Susi hat in der Zeit wo ich eine Kleinigkeit gegessen habe, die letzten Sachen zusammengepackt und die Taschen dann an die Tür gestellt. Tomash hat uns herzzerreißend angeschaut, dass uns beiden die Tränen kullerten. Ich weiß nicht wie oft wir ihm erzählt haben, dass wir wiederkommen und ich weiß auch nicht ob er uns verstanden hat. Es fiel uns wirklich schwer ihn allein zu lassen, wo wir doch genau wussten, dass ihn keiner will. Er sprang dann vom Tisch, huschte durch die Katzenklappe und war verschwunden. Wir haben dann die Taschen zum Auto gebracht, im Haus noch mal nachgesehen, ob alles aus ist und habe dann den Schlüssel in Ischtvans Briefkasten geworfen. Ich habe dann die Kofferraumklappe zugemacht und wir sind in Richtung Rostock in unsere „noch" Heimat gefahren. Tomash war nicht wiederaufgetaucht. Susi und ich, waren uns einig, dass es auch gut so war, denn sonst wäre der Abschied noch schmerzhafter gewesen, als er sowieso schon war.

Kapitel 2

Susi hat sich wieder ihren Europa Reiseführer mit nach vorn geholt und wollte zu allen größeren Orten, die wir passierten etwas vorlesen. Sie hatte auch die ausgedruckte Tourenkarte mit bei sich, damit wir wussten, wieviel Kilometer wir schon gefahren sind. Wir hatten auch ein

Navigationsgerät mit, aber in den Sachen, war ich ein wenig altmodisch.

Vor uns lagen 1171km und ungefähr 12 Stunden Fahrtzeit. Es war fast alles Autobahn, das sollte also zu schaffen sein. Ich machte noch ein letztes Foto vom Balaton und dann wurde das erste Ziel angepeilt. Das war die Ungarisch-Slowakische Grenze, die ganz in der Nähe von Bratislava war. Selbst Wien war nicht weit weg. Wir hätten durchaus einen Abstecher nach Wien machen können, aber wir waren schon mal da, und wir wollten ja nach Hause. Eigentlich mussten wir nach Hause, denn Susi und ich durften am Mittwoch wieder arbeiten gehen. Als wir an Gyor, noch in Ungarn, vorbeifuhren, hat Susi aus ihrem dicken und schweren Europa Reiseführer vorgelesen:

„Győr ist eine westungarische Stadt. Sie liegt im westlichen Pannonien, der Kleinen Ungarischen Tiefebene. Hier mündet die Raab in die Mosoni Duna (Moson-Donau oder Kleine Donau), einen rechtsseitigen Seitenarm der Donau."

Susi war noch gar nicht ganz fertig, da kam auch schon der Ungarisch Slowakische Grenzübergang, an dem wir kaum Wartezeit hatten. Man hat uns eigentlich nur durchgewunken. Die Tschechen und Rumänen hat man schon intensiver durchsucht, was deutlich zu sehen war. Hinter Bratislava wollten wir Pause machen, denn auf dem hinweg, konnte man da gut Essen. Was für mich aber wichtiger war, dort gab es deutschen Kaffee, nicht so ein lösliches Zeug wie sonst an den osteuropäischen Tankstellen und Rasthöfen. Susi hat, als wir in der Nähe von Bratislava wieder aus ihrem schlauen Buch vorgelesen:

„Bratislava ist die Hauptstadt der Slowakei und mit 425.923 Einwohnern (Stand 31. Dezember 2016) die größte Stadt des Landes. Sie liegt an der südwestlichen Grenze der Slowakei am Dreiländereck mit Österreich und Ungarn und ist damit die einzige Hauptstadt der Welt, die an mehr als einen Nachbarstaat grenzt. Mit rund 55 km Luftlinie haben Bratislava und Wien den geringsten Abstand zweier europäischer Hauptstädte.“

Nächstes Ziel war die Raststätte und Hotel „Moto Rest Stupava" Ich hatte schon richtigen Kaffeedurst und freute mich auf die Pause. Ich schaute in den Rückspiegel, habe mich in dem Moment so erschrocken, dass ich meine Finger in das Lenkrad krallte, was höllisch weh tat. Susi fragte mich, was los ist und fragte auch: „Hast du einen Geist gesehen?" „So kann man es auch sagen, ja ich habe einen Geist gesehen." Sagte ich und schaute wieder nach hinten uns sah wie ganz langsam zwei dunkelgrau und bläulich schimmernde Ohren zu sehen waren. Sie kamen hinter der großen Reisetasche nach oben bis die Augen zu sehen waren. Diese waren weit aufgerissen und aus ihnen blickte die blanke Angst, von hinten in meinen Rückspiegel. Glücklicherweise kam jetzt die Raststätte und wir konnten unseren kleinen Tomash wieder in die Arme nehmen. Ich glaube wir waren in dem Moment so glücklich, wie es nur Eltern sein konnten. Wir haben uns dann auch so benommen, denn als wir anhalten konnten und unseren Tomash begrüßt haben, sprachen wir natürlich mit ihm, wie mit einem kleinen Kind, obwohl wir natürlich wussten, er kann uns nicht verstehen, geschweige denn antworten. Zuerst haben wir ihm aus einem Dosendeckel etwas Wasser gegeben. Er hatte natürlich Durst. Hunger verspürte er noch nicht, denn er hat von Susi keine Wurst nehmen wollen. Ich habe mir dann einen großen Kaffee geholt und wir sind dann auch bald weitergefahren. Natürlich nicht zurück, darin waren wir uns schnell einig. Er sollte jetzt erst einmal mit zu uns nach Rostock kommen. Alles andere wollten wir dann zu Hause besprechen. Meine Frau setzte sich dann mit hinten auf die Rückbank, damit Tomash einigermaßen ruhig bleibt. Denn durch das Auto tigern, dass ging heute nicht.

Wir sind dann auch an Brno vorbeigefahren, wo es eine legendäre Motorradrennstrecke gab. Alles Weitere hat Susi wieder aus ihrem schlauen Buch vorgelesen.

„Brno, auch Brünn genannt, ist die nach Prag zweitgrößte Stadt Tschechiens. Die Stadt, seit dem 17. Jahrhundert das historische Zentrum Mährens, ist heute Verwaltungssitz der Südmährischen Region. Brünn besitzt mehrere Universitäten, ist ein wichtiger Forschungsstandort und Sitz des Bistums

Brünn der römisch-katholischen Kirche Tschechiens." Nach kurzer Pause erzählte Susi weiter aus ihrem Buch: „*Brünn liegt am südöstlichen Rand der Böhmisch-Mährischen Höhe. Durch die Stadt fließen die Flüsse Svratka und die von der Stadt Svitavy kommende Svitava, die an der südlichen Stadtgrenze in die Svratka mündet.*"

Die nächste große Stadt war nicht irgendeine Stadt, es war Prag, die Hauptstadt Tschechiens. Da kaum Baustellen auf der Strecke waren, kamen wir gut durch und wir waren unserem Zeitplan fast eine Stunde voraus. Da ich ein wenig müde wurde, haben wir kurz vor Prag, eine Pause auf dem Rasthof „Roadhouse Nahac" an der E50 gemacht, und gönnte mir eine halbe Stunde schlaf. Der ist wirklich zu empfehlen. Ich habe mich hier unter ein schattiges Bäumchen gestellt. Mein Schatz hat sich so lange um den kleinen Tomash gekümmert. Der jetzt selber müde geworden war und geschlafen hat. Er hat nicht einmal mitbekommen, wie Susi in die Tankstelle gegangen ist und Katzenfutter gekauft hat. Und nicht nur das, sie kam sogar mit einem Katzenkorb an und eine zweiteilige Trink und

Fressschale brachte sie auch noch mit. Ich fragte, ob es das alles an der Tankstelle gab, worauf sie sagte: „Nein Schatz, aber gleich hinter der Tankstelle ist ein großer Supermarkt, dort gibt es alles. Das ist eine englische Supermarktkette, die haben sogar 24 Stunden geöffnet, das wäre bei uns gar nicht vorstellbar. Wir standen jetzt draußen und Tomash war im Auto, der aber durch sein sanftes kratzen an der Scheibe auf sich aufmerksam machte. „Meinst du wir können Tomash hier draußen was zu fressen geben?" fragte Susi. Ich hatte keine Bedenken und hab die Kofferraumklappe aufgemacht und Tomash rausgelassen. Er blieb natürlich bei uns. Wo sollte er auch hin, bei uns hatte er doch alles was er braucht. Susi hatte übrigens mitgedacht, denn den Katzenkorb brauchten wir. Falls es an der Tschechisch Deutschen Grenze Kontrollen geben sollte, wäre er ordnungsgemäß verpackt gewesen.

Wir sind dann auch weitergefahren und hatten jetzt Prag vor uns. Die Stadt hat leider noch keinen wirklichen Autobahnring, der um die ganze Stadt führt. Man muss erst nach Prag hinein und dann auf einen Innenring wieder nach draußen. Aber bis es soweit war hat Susi wieder aus dem großen Reiseführer vorgelesen.

„Prag auch Praha genannt, ist die Hauptstadt und zugleich bevölkerungsreichste Stadt der Tschechischen Republik. Mit über 1,2 Millionen Einwohnern belegt Prag den vierzehnten Rang der größten Städte der Europäischen Union. Die Hauptstadt Prag ist auch eine von 14 Regionen Tschechiens. Prag ist eine der reichsten Regionen Europas" erzählte sie aus dem Buch und trank erst mal einen Schluck. Aber dann ging es weiter:

„Das historische Zentrum Prags ist von der UNESCO als eine der 12 Welterbe Stätten Tschechiens anerkannt. Die „Goldene Stadt" zeigt heute ein geschlossenes, von Gotik und Barock geprägtes Stadtbild. Sehenswürdigkeiten wie die Prager Burg, die Karlsbrücke, die mittelalterliche Rathausuhr, der Alte Jüdische Friedhof oder die älteste aktive Synagoge der Welt machen die Stadt zu einem beliebten Ziel für Touristen. Mit mehr als fünf Millionen ausländischen Touristen im Jahr zählt Prag *zu den zehn meistbesuchten Städten Europas."*

Irgendwann waren wir auch durch Prag durch und sind dann in Richtung Dresden gefahren. Dresden kann man ja mittlerweile gut umfahren, denn eine neue Autobahn führt an Dresden vorbei. Ich kann mich noch an Zeiten erinnern, wo man durch die Innenstadt von Dresden fahren musste und es keine Kunst war sich zu verfahren. Hinter Dresden wollte Susi ein Stück das Lenkrad übernehmen. Bevor wir den Platz tauschten, habe ich ihr von meinem Erlebnis in der Nacht erzählt. Ich schaute in den Rückspiegel und konnte an Susis gestenhaften Gesichtszügen erkennen, dass sie mir nicht glaubt. Sie machte sich dann sogar über mich ein wenig lustig. Ich habe eigentlich nicht mit solch einer Reaktion von ihr gerechnet und habe mich geärgert, dass ich es überhaupt erzählt habe. Zur Abwechslung habe ich, nach dem wir den Grenzübergang hinter uns gebracht hatten und wir auf dem darauffolgenden Parkplatz, die Plätze getauscht haben, aus Susis Buch vorgelesen, denn Dresden war nun an der Reihe. Ich fing also an: *„Dresden ist die Landeshauptstadt des*

Freistaates Sachsen. Mit etwa 550.000 Einwohnern ist Dresden, nach Leipzig, die zweitgrößte sächsische Stadt und die zwölftstärkste Kommune Deutschlands." Wir waren beide ja schon oft in Dresden, aber selbst wir haben durch Susis Buch, viel Neues erfahren. Ich habe dann weitergelesen.

„International bekannt ist die Landeshauptstadt für ihre in großen Teilen rekonstruierte und durch verschiedene architektonische Epochen geprägte Altstadt mit der Frauenkirche am Neumarkt, der Semperoper und der Hofkirche sowie dem Residenzschloss und dem Zwinger. Der 1434 begründete Striezel Markt ist einer der ältesten und bekanntesten Weihnachtsmärkte Deutschlands. Dresden wird auch Elbflorenz genannt, ursprünglich vor allem wegen seiner Kunstsammlungen; maßgeblich trug dazu sowohl seine barocke und mediterran geprägte Architektur als auch seine Lage im Elbtal bei. Susi wollte dann weiterfahren, war mir ehrlich gesagt ganz recht, habe ihr aber vorgeschlagen, bei meinen Eltern vorbei zu fahren und mal für eine halbe Stunde, Guten Tag zu sagen. Ich selber, bin in Wolfen groß geworden, was in

Sachsen/Anhalt liegt. Meine Eltern wohnten damals noch in einem kleinen Dorf im Landkreis Bitterfeld, was auch in Sachsen/Anhalt liegt.

Wir waren nicht lange da, aber Mein Vater und meine Mutter freuten sich, uns mal wieder zu sehen. Tomash durfte auch mit ins Haus und tobte wild im Garten umher. Es war zu merken, dass ihm die Autofahrt anstrengt. Wir haben es nicht gleich gemerkt, er sprang wegen zwei Schmetterlinge umher und gab erst ruhe, als sie nicht mehr da waren.

Meine Mutter hatte sogar Quarkkuchen selbst gebacken, weil sie wusste, wie gern ich den mag. Mein Vater hat den kleinen Tomash betrachtet und nach einer ganzen Weile festgestellt, dass er mit seinem Verhalten eher einem Hund ähnelt. Von der Seite hatte ich es noch gar nicht betrachtet, aber es stimmte, er hatte Recht. Tomash hörte auf das gerufene Wort eher, als mancher Hund. Vielleicht könnte man dem Tomash auch ein Geschirr umbinden und dann mit ihm an der Leine einen Spaziergang machen.

Da wir ja nur einen kleinen Stop machen wollten, sind wir dann auch aufgebrochen, schließlich hatten wir drei ja noch 340km vor uns. Den Rest bin ich dann auch wieder gefahren. Susi

hat mich dann gefragt, *„Wovon wollen wir eigentlich in Ungarn Leben, und von welchem Geld wollen wir das Haus bauen."* … „Ich weiß es auch nicht", musste ich gestehen. *„Aber erinnerst du dich an den Saal, der an dem Csardas-Restaurant in Zamardi ungenutzt leer stand. Gabor hatte ihn nicht mitgepachtet. Könnte man da nicht eine Live-Location draus machen, so mit Rock und Folkmusic inclusive dieses Trachtengehopse mit den Volksmusikkapellen. Ich weiß, ja, die Touristen wollen so etwas auch sehen. Wie findest du meinen Vorschlag?"* Es war Stille, Susi sagte kein Wort, …aber dann: *„Du hast doch nicht etwa schon wieder etwas ohne mich klargemacht?"* „Nein natürlich nicht, was du gleich wieder denkst. Ich habe nur mit Gabor kurz darüber gesprochen, ich schwöre es." War meine Antwort auf Susis Vorwurf. Tomash hatte sich, weil wir uns so laut gestritten haben, unter einer Decke versteckt. Er hatte das mit uns ja schon mal erlebt und er scheint das nicht zu mögen. Mal abgesehen davon, dass ich es auch nicht mag, wenn man sich so laut streitet. Und dann stellt sich sowieso die Frage, wer mag das überhaupt. Susi wurde dann still, sie war aber nur still, weil sie mit Tomash auf der Rückbank geschlafen hat. Jetzt dauerte es auch nicht mehr lange, denn die A10 hatten wir gemeistert. Hier auf dem Berliner Ring, hatte ich eigentlich mit Stau gerechnet, denn es war Montag und Feierabendzeit. Aber wir hatten Glück. Gegen 18:30 Uhr waren wir in Rostock. 12 ½ Stunden hatten wir gebraucht. Ich war stolz auf uns.

Wir haben dann das Gepäck ausgeladen und nebenbei Frau Grabunke und Frau Gerschwinkel winkend begrüßt, die gerade jetzt den Gehweg kehren mussten. Die beiden waren die absoluten Tratschtanten hier im Viertel. Frau Grabunke kam gleich frech zum Auto, lehnte sich und ihren Besen dagegen und sagte: *„Na wieder da? Zehn Tage Urlaub machen, das kann sich nicht jeder leisten, sie verdienen wohl gut*

Herr Naumann?" Da kann man mal sehen wie die alten aufpassen, die zählen sogar die Tage, wenn man nicht da ist, dachte ich und sagte dann zu ihr: *„Frau Grabunke, mein Chef bezahlt mich ganz gut, aber wenn es nach dem verdienen geht, ja verdient hätte ich mehr."* Sie konterte dann: *„Mein Sohn, der Ulf, der ist ja in Hamburg und baut dort den Airbus, der sagt immer, im Westen verdient man besser".* *„Aha, dann muss ich wohl auch nach Hamburg gehen und Busse bauen. Sind das Stadtverkehrsbusse oder Reisebusse, die der Ulf baut?"* *„Das weiß ich auch nicht so genau, irgendwelche Busse halt."* Ulf hat nicht einmal die Lehre beendet und ich vermute mal, er kehrt dort die Werkhallen. Aber er ging wenigstens arbeiten. Die Frau Gerschwinkel hat sich auch tunlichst zurückgehalten, denn sie hat zwei Söhne, wovon der eine im Knast und der andere im Drogensumpf steckt. Beide Tratschtanten haben keine Männer mehr, sie haben sich aus dem Staub gemacht, warum habe ich mich nie fragen müssen, man muss einfach nur am Fenster sitzen, die Beiden beobachten und analysieren.

Als ich den kleinen Tomash im Korb nach oben getragen hab, kam natürlich Frau Gerschwinkel und stellte fest: „Hach, *hatten sie ihre kleine Katze mit im Urlaub, ich mag ja keine Katzen, aber jeder wie er will, ich mag den Dreck, den die Viecher machen, ja überhaupt nicht"*. Steckte aber ihren Zeigefinger durch das Gitter der Katzenbox, worauf Tomash fauchte und ihr mit seiner Pfote ein paar Striemen verpasste. Tiere wissen ganz genau, wer sie mag und wer nicht, dachte ich dann. Und musste mir das Grinsen verkneifen.

Oben angekommen, fragte ich Susi, ob ich reinkommen kann und wollte wissen wo unser Max ist. Susi erklärte mir das Meike gleich rüber kommt und unseren Max bringt. Dann sollte Tomash eigentlich aus dem Korb gelassen werden. Wir saßen neben dem geöffneten Korb und schauten was passiert. Eigenartigerweise passierte nichts. Susi und ich haben uns angeschaut, runzelten die Stirn und zuckten mit den Schultern. Denn nichts geschah. Er blieb einfach in seinem Körbchen. Susi kaufte schon so ein neues Katzen Körbchen wo man das Dach abnehmen konnte, man brauchte nur auf jeder Seite zwei Nippel durch die Lasche ziehen und das Dach nach oben heben. Nun saß er da, der kleine Tomash. Fast ein wenig geduckt und verängstigt sah er uns an, als wolle er sagen: „Ich will zurück." Susi hatte schon eine Reisetasche auf und holte die schmutzige Wäsche raus, als es Klingelte. Tomash war inzwischen herausgekrabbelt und fing gerade an, seine neue Umgebung zu erschnüffeln. Als er das Klingeln hörte, ist er mit einem riesen Satz ins Schlafzimmer gesprungen und in der halb geleerten Reisetasche verschwunden. Nur die kleinen Ohren und die orangenen Augen schauten über die Reißverschlüsse hinaus. Susi machte die Tür auf, ich saß noch auf dem Wohnzimmerboden und freute mich, dass Max wieder da war. Meike sagte kurz Hallo und lies den Max aus seinem Katzenkorb. Er ist gleich voller Freude auf mich zu, drehte achten um mich, warf mich um und legte sich schnurrend auf meinen Bauch und blieb liegen. Susi kam mit einer Tasse Kaffee ins Wohnzimmer und stellte diese auf den großen Couchtisch ab. Ich bat Meike dann mal ins Schlafzimmer zu gehen und in die Reisetasche zu schauen. Ihre Reaktion: „Oh Gott, was ist das denn, wo habt ihr denn die Süße her? Habt ihr die in dem Tierheim gerettet, Susi hatte am Telefon so was angekündigt." Ich erzählte Meike erst einmal die Geschichte vom kleinen Tomash in Kurzform. Wir wurden unterbrochen von einem beherzten und lauen Miau, aus Richtung Reisetasche. Sofort gingen bei Max, die Radartüten an und seine kleine Gumminase schnüffelte in die Luft. Er sprang von mir runter und blieb an der Tür zum Schlafzimmer sitzen und war plötzlich wie gelähmt. Tomash sprang jetzt auch aus der Reisetasche raus und schnüffelte auch in die Luft. Als Tomash den großen Max sah, blieb er ungefähr einen Meter, wie zu einer Salzfigur erstarrt sitzen. Beide saßen sich nun gegenüber und durchbohrten sich gegenseitig mit ihren Blicken. Meike, Susi und ich waren aber auch zu einer Salzsäule erstarrt. Beide zeigten ihre Zähne und fauchten ganz leise. Tomash, der optisch der kleinere war, sprang plötzlich auf Max zu, der solch eine Situation nicht kannte. Danach haben sie sich gegenseitig durch die Wohnung gejagt. Es ging über Tische, Stühle, Bänke und Schränke. Das ging solange bis sie nicht mehr konnten, sich dann beide beschnupperten und feststellen mussten, dass sie mit gezinkten Waffen gekämpft haben. Keiner von beiden, konnte dem anderen das Gebiet streitig machen, denn sie stellten fest, dass sie kastriert waren und eigentlich keine Gefahr von dem jeweils anderen ausgehen wird. Jeder von den beiden versuchte noch mal ein leichtes fauchen, aber im Grunde genommen, hatten sich die beiden schon lieb. Meike sagte: *„Na hier ist ja was los, kommt mal her lasst euch mal drücken, schön das ihr wieder da seid. Wir haben euch ganz schön vermisst."* Eine dicke Umärmelung folgte. Susi und ich hatten beschlossen erst einmal noch nichts von unseren Plänen zu erzählen. es wurde auch langsam Abend, wir haben nur noch Judith und Babsi angerufen und erzählt, dass wir gut angekommen sind. Udo und Gabor haben wir sogar nur eine Watts App geschickt und auch Max und Tomash haben wir alleine gelassen, sie sollten erst einmal mit sich klarkommen und das ging, so glaube ich, allein am besten. Wir sind dann beizeiten ins Bett, in dem es sich immer noch am besten schläft und sind nahezu sofort eingeschlafen.

KAPITEL 3

Die Zeit ging ins Land, Meike Andi und mein Freund Billy, mit seiner Gabi hatten wir Anfang Januar 2010 eingeladen um ihnen unsere Pläne vorzustellen. Wir haben einen Samstag gewählt, weil da alle konnten und auch am Sonntag noch für andere Dinge frei war. Es war nicht immer leicht, alle unter einen Hut zu bekommen, mal konnte der eine nicht, mal musste der andere arbeiten, und wieder mal musste einer auf die Enkel aufpassen. An diesem Samstag nun hatten wir alle zusammen. Meine Frau kochte was Schönes, es sollte also etwas sein, was einen guten Eindruck hinterlassen sollte. Es gab Rinderfilet mit grünem Spargel und Süßkartoffelmus beziehungsweise, wer wollte konnte statt der Süßkartoffeln auch Rösti haben. Vorn weg gab es eine Rinderbrühe mit einem Dutzend Einlagen, die aus diversen Kräutern und Gemüse bestanden. Für die schlanke Linie hatte mein Schatz ein Sanddorneis mit einem Zuckernetz umhüllt und Orangenfilets vorbereitet. Es sah nicht nur gut aus, es schmeckte auch allen gut. Sie saßen aber alle irgendwie fragend am Tisch, der Gesichtsausdruck ließ so etwas vermuten. Max und Tomash lagen zusammen in ihrem Körbchen und sahen eigentlich ganz zufrieden aus. Mussten sie auch, denn beide haben natürlich ein Stück zartes Rinderfilet bekommen. Beide hielten aber mindestens ein Auge offen, es hätte ja noch was geben können.

Als alle durch das essen, eine gesättigte Verbindung eingegangen sind, und mit gutem, halbtrockenen Grauburgunder Weißwein ein wenig gelockert waren, habe ich mit einem kleinen Löffel ans Glas geschlagen, um das laute durcheinander zu beenden um meine Rede zu beginnen. Eine Rede ist eigentlich eine im Voraus überlegte, mündliche Mitteilung, die von einem Redner an mehrere Personen gerichtet wird. Das hört sich gut an, aber mir fiel so etwas schwer. Ich versuchte dann mein Glück. *„Ich bedanke mich erstmal, dass ihr alle gekommen seid und hoffe das es geschmeckt hat."* Sagte ich und sah dann wie alle lächelnd nickten. *„Wir alle sind gute freundschaftlich verbundene Menschen, haben politisch gesehen, manchmal unterschiedliche Vorstellungen, aber eigentlich sind wir ein Haufen verdammt guter Freunde, und ich hoffe, dass wir das auch bleiben."* Erzählte ich weiter. *„Aber es gibt auch*

Entscheidungen, die eine Freundschaft zerbrechen können. Ich bitte euch darum zu kämpfen, auch wenn wir nicht mehr hier wohnen werden. Wir wollen nach Ungarn auswandern." Bomms, jetzt war es raus. Zuerst war betretene Stille, dann kamen die Fragen, auf die ich vorbereitet war, und erzählte weiter: „Wir wollen diesen Schritt machen, weil wir jetzt noch jung sind und eine alternative zu Deutschland suchen. Wir haben schon ein Grundstück gefunden und auch gestern schon bezahlt. Wir wollen nach Zamardi, an den Balaton ziehen. Mein Arbeitgeber baut Stellen ab und ich werde wohl dabei sein. Es gäbe eine Möglichkeit in der Firma zu bleiben, wenn ich in Siofok eine Filiale mit aufbaue und nach der Eröffnung, nicht mehr im Außendienst arbeite, sondern im Büro sitzen werde und den Kontakt nach Deutschland halte." „Ja und was macht Inge?" Fragte Meike. „Ich werde dort auch in einem Schmuckgeschäft arbeiten und in der Saison, könnte ich in einem Restaurant aushelfen." Berichtete dann Inge.

Es sind an dem Abend noch viele Tränen geflossen. Susi und ich mussten auch noch viele Fragen beantworten. Es wurden auch noch viele Bourbon getrunken, was die ganze Sache für unsere Freunde nicht besser machte, aber sie glaubten dann uns zu verstehen. Ich musste in diversen Gesprächen auch zugeben, die Sache hätte auch anders laufen können, denn das ich für meine Firma in Siofok, eine neue Filiale mit aufbauen kann, war Zufall und Glück. Ich würde zwar etwas weniger verdienen, aber das Leben ist in Ungarn auch nicht so teuer wie bei uns in Deutschland. Als der Alkoholspiegel bei uns allen in die Höhe gestiegen war, wollten alle plötzlich auswandern. Ich habe das Wort Kanada oder Mallorca noch im Ohr. Keiner ließ an Deutschland ein gutes Haar. Wovon aber am nächsten Tag keiner mehr etwas wusste. Ist auch ok, wir hatten es nun mal beschlossen und wollten es jetzt auch durchziehen.

Ein kleiner Eklat, hat aber doch noch stattgefunden, denn die beiden Kater hatten anscheinen gestern Abend ein Problem. Weil sie ja mit uns nicht reden können, mussten sie sich anders artikulieren, um damit zusagen, dass es ihnen zu laut war, oder was weiß ich, was die beiden gestört hat. Jedenfalls drückten sie ihr Unbehagen damit aus, dass sie bei unseren Freunden in die Schuhe gepieselt haben. Das war uns natürlich peinlich, aber was wollten wir machen. Susi hat wohl noch versucht die Schuhe zu reinigen, währenddessen ich auf der Couch eingeschlafen bin. Billy und Andi haben derweil unten vor dem Haus geraucht. Das weiß ich aber von Frau Grabunke, die mir das, als ich den Müll runtergebracht habe, Brühwarm erzählt hat. *„Schöne Musik hatten sie ja auch"*, sagte sie, was nichts anderes hieß, dass wir zu laut waren. Ich habe dann etwas schroff zu ihr gesagt: *„Ich denke sie sind schwerhörig Frau Grabunke und nehmen sie endlich mal ihren Besen und fegen sofort die zwei Zigarettenkippen hier weg, wie sieht das denn hier aus, verdammt noch mal."* Sie war davon so erschrocken, dass die Kippen nach einer Minute nicht mehr zu sehen waren. „Na bitte geht doch!" sagte ich noch zu ihr und ging nach oben und erzählte die Geschichte meiner Frau. Wir beide mussten dann lachen, waren uns aber einig, dass die beiden auch ein Grund sind um auszuwandern. Wobei ich aber auch glaube, Grabunkes gibt es in jedem Land, auch in Ungarn. Ich habe mich nach dem Mittag aber noch einmal hingelegt und wollte eigentlich schlafen. Da kamen die beiden Racker und wollten unbedingt mit mir spielen. Beide kraxelten auf mir herum, fanden keine richtige Position zum Liegen, dann wieder runter. Irgendwann hatte ich keine Geduld mehr und habe aufgegeben. Ich habe dann mit Babsi in Ungarn telefoniert, denn sie hat den Abriss des abgebrannten alten Hauses übernommen. Sie hatte jetzt im Januar wenig zu tun, da bot es sich an. Wir konnten eh erst ab 1. Januar loslegen, weil wir nicht eher im Grundbuch eingetragen waren. Babsi hat angefangen, da war die Finanzierung noch gar nicht geregelt. Ein bisschen unwohl war mir bei der ganzen Sache schon. Susi konnte damit überhaupt nicht umgehen. Sie hat in der Zeit wenig geschlafen und auch etliche Kilo abgerissen. Babsi hat oft angerufen und erzählt, ihre Abrissjunkies, wie sie sie nannte, haben wieder volle Leistung gebracht. Wir hatten bei jedem Anruf damit gerechnet, dass sie fragt, wo das Geld bleibt.

Eine Woche später hatten wir ein Termin bei einer deutschen Bank, wo endlich eine Entscheidung getroffen wurde. Den Hauptteil übernahm die Bank, die auch in

Ungarn Filialen hat. Wir hatten etwas gespart, das ging für das Grundstück und Planungskosten drauf, wurde aber als Eigenleistung bei der Bank anerkannt. Ein wenig haben auch unsere Eltern mit beigesteuert. Wir haben natürlich gleich an Babsi Geld überwiesen und prompt rief sie einen Tag später an und fragte nach Geld. Jetzt konnte ich aber sagen: *„Babsi, das Geld ist gestern rausgegangen."* Der Satz ging runter wie Öl. Wir hatten es geschafft. Ich war damals noch im Außendienst für meinen Arbeitgeber tätig, denn das Projekt 2Neue Filiale sollte erst im September starten. Ende März 2010 ereignete sich folgende Geschichte.

Eines Tages, Ende März, hatte Susi die Schlafzimmerfenster aufgelassen und war nur ganz kurz in den Garten gegangen, um nachzuschauen, ob schon Osterglocken ihr kommen zeigten. Als sie wieder hoch in die Wohnung kam war Max nicht mehr da. Susi suchte die ganze Wohnung ab und hat ihn nicht gefunden. Tomash wusste auch nicht wo er ist, denn er hat fest in seinem Körbchen geschlafen. Als ich am frühen Nachmittag nach Hause kam, hat mir Susi alles gebeichtet. Wir haben dann noch mal zusammengesucht, jede kleine

Ecke kontrolliert, er war weg, wie vom Erdboden verschluckt. Unser kleiner Max war also aus dem Fenster gesprungen, davon sind wir dann ausgegangen. Warum zum Teufel, ist Tomash aber nicht mitgesprungen, fragte ich mich. Ein Nachbar lief gerade am Haus vorbei. Wir fragten ihn ob er unseren Kater gesehen hat. Er fragte uns ob das so ein wuscheliger ist, er habe nämlich so einen hinten am Feldrand gesehen. Wir sagten ja und haben dann draußen weitergesucht. Wir sind durch Matsch und Schneeresten gerannt, haben aber keinen Max gefunden. Ich habe dann Fahndungsplakate am PC erstellt. Die wollten wir an Lichtmasten und Bäumen befestigen. Ich hatte gerade angefangen die kleinen Fahndungsplakate zu verteilen, als es plötzlich hinter uns Miaute. MAX stand hinter uns, war völlig verschlafen und streckte sich erst mal. Später haben wir gesehen, unter unserem Bett, auf dem Lattenrost hatte er gelegen. Wir lagen uns alle heulend in den Armen, waren dem Herzinfarkt nahe und MAX, dem das jetzt zu hektisch war, drehte sich um und ging ins Schlafzimmer, krabbelte wieder unters Bett und schlief weiter. Nun wussten wir ja wo er war. Tomash hat von all   dem   nichts   mitbekommen.

Tomash wurde immer ruhiger, hat auch nicht mehr so einen Appetit gehabt wie noch vor sechs Monaten. Am Anfang tobten Max und Tomash viel umher, spielten viel miteinander, jetzt aber, ist es still geworden. Tomash war krank, glaubten wir. Susi und ich haben uns das noch zwei Wochen mit angesehen, weil sich nichts änderte, ist Susi dann mit ihm zum Tierarzt gefahren. Susi hat vorher noch mit Judith telefoniert, die ja auch Tierärztin war, die aber aus der Ferne, keine Diagnose geben wollte und somit den Entschluss gefasst hat, zum hiesigen Tierarzt zu fahren.

Mit Max waren wir immer bei Dr. Steinke, der seine Praxis in einem kleinen Dorf, in der Nähe von Rostock hatte. Als Susi dort ankam und die Praxisräume betrat, bekam sie fast einen Schock. Voll bis auf den letzten Platz. Schön fand sie, dass der eine große Wartesaal, der sehr lichtdurchflutet war und die Frühlingssonne eine Chance hatte sich zu zeigen, getrennt war. Links saßen die Herrchen mit ihren Hunden und rechts saßen die Frauchen mit ihren schnurrenden Kätzchen. Tomash war ganz ruhig während andere kleine Felltiger ihre kleine Katzenbox nicht mochten, denn sie Miauten oder fauchten vor sich hin. Dann wurde ein Stuhl frei und Susi konnte sich setzen. Links neben ihr saß eine junge Frau mit ihrem Kater. Wir beide saßen so, dass sich unsere kleinen Kater durch ihr Gitter der Katzenbox sehen konnten. Der andere kleine Kater, war auch einer aus der Familie der Kartäuser und machte ein Spektakel für fünf Katzen. Nach kurzer Zeit schauten sich die beiden an. Susi sagte, es war richtig unheimlich. Beide steckten dann jeweils eine Pfote durch das Gitter, Tomash sah Susi an und Miaute. Als hätte sie verstanden, erzählte sie mir, hat sie unseren Katzen Korb weiter zu dem anderen Kater geschoben und zwar so weit, bis sich die beiden kleinen Pfötchen berühren konnten. Susi sagte, es war so als würden sie eine Art Energie austauschen, beziehungsweise Max würde dem anderen kleinen Kartäuser eine Botschaft übertragen. Der andere Kater war danach total verändert. Er war plötzlich ruhig, schnurrte zufrieden und hätte eigentlich nach Hause gehen können. *„Ich bin Claudia und der kleine*

Kater heißt Theo. Wir sind bei einer Freundin zu Besuch und da hat Theo durchgedreht. Er war nicht zu bändigen, deshalb war ich eigentlich hier, aber was war das denn gerade? Ist dein Kater vom anderen Stern? fragte und erzählte Claudia. Susi antwortete: *„Hallo erst einmal, ich bin Susi, ok, ja was das eben war, weiß ich auch nicht, aber mein Mann hat mir letztens so eine ähnliche Geschichte erzählt, die er mit unserem Tomash erlebt hat, die ich ihm aber nicht geglaubt habe. Ich weiß auch nicht was das gerade war."* Claudia hat dann auf Susi vor der Praxis gewartet. Susi kam auch nach einer kurzen Zeit auch aus der Praxis und sagte: *„Alles in Ordnung mit unserem Max. Ich habe nur ein paar Vitaminpillen bekommen, die sollen ihn wieder wachmachen."* Claudia: *„Der Arzt hat bei meinem Theo auch nichts gefunden. Das war doch aber reichlich merkwürdig, was da mit unseren beiden Felltigern abging,* oder?" Die beiden haben sich dann noch in ein benachbartes schönes Café gesetzt, sich etwas Schönes gegönnt und Susi meint, sie hätte eine Freundin gefunden. Susi erzählte mir noch, dass Claudia mit Theo am kommenden Sonntag zu uns kommen würden. Ich sagte dann aus Spaß, dann lad doch Meike und Andi mit ihrem Fritz, auch noch ein. Was eher als zynischer Kommentar rüber kommen sollte hat Susi ernst genommen und hat sofort bei Andi und Meike angerufen, die auch noch konnten. Und ich wollte eigentlich einen ruhigen Sonntag verleben. Wir haben Tomash auch die Vitaminpillen in sein Fressen gemischt und es schien sogar, dass sie wirkten.

Das Große Katzentreffen am Sonntag, hat tatsächlich stattgefunden. Eigentlich war das Wetter zum drinnen bleiben zu schön, denn es schien die Frühlingssonne schon so doll, dass die Restaurants bei uns in Rostock und Warnemünde, das erste Mal die Stühle nach draußen stellten. Susi und ich haben unseren runden Esstisch ausgezogen, die besten Tischdecken aus dem Schrank geholt und den Tisch mit meinem aus erster Ehe geretteten Tafelservice eingedeckt. Das hatte ich mal von meiner Verwandtschaft aus Ramsin, anlässlich meiner ersten Hochzeit bekommen. Fünf Leute, Claudia, Meike und Andi und wir beide, hatten genügend Platz.

Es wurde widererwarten ein schöner Sonntagnachmittag. Wir haben uns am Kaffeetisch über unsere Katzen unterhalten, was uns Männer aber zu langweilig war, denn Andi und ich haben uns auf die Couch gesetzt und Fußball geschaut. Auf NDR3 wurde der 3. Liga Knaller Hansa Rostock gegen den 1.FC Magdeburg übertragen. Ich habe dann für uns beide ein kaltes Bier aus dem Kühlschrank geholt. Für uns war die Welt in Ordnung und wie es aussah auch für die Frauen, die neben dem Thema kleine Katzen nun auch Schmuck, Schuhe und Handtaschen gefunden haben. Ja und Theo, Fritz, Tomash und Max, die waren kaum zu hören. Vier Katzen, die sich zum Teil noch nie gesehen haben, waren so ruhig, es grenzte nahezu an ein Wunder, also ein Ereignis, dessen Zustandekommen wir uns nicht erklären konnten. Wir fanden nicht einmal Worte für das verhalten unserer Kater.

Alle Katzen, die mit unserem Tomash zusammenkamen, wurden ruhiger, besonnener und waren weniger aggressiv.

Diese Beobachtung behielt ich allerdings noch für mich und konnte auch nur untermauert werden, wenn meine nächtliche Beobachtung, aus der letzten Nacht in Zamardi, von mir kein Traum war.

Zum Rauchen ging Susi immer auf den Balkon. Wenn wir besuch hatten, ging der natürlich auch mit auf den Balkon. Claudia ging also mit Susi rauchen und Meike, weil sie nicht alleine bleiben wollte, ging auch mit. Andi und Ich haben dem Ende des Fußballspiels entgegengesehen und waren auf den Fernseher fixiert und dadurch abgelenkt. Wir haben alle nicht mitbekommen, wie sich die vier Katzen in Richtung Wohnzimmer Tisch bewegt hatten. Unser Max, war der erste, der den Mut hatte auf den Tisch zu springen um an der Buttercreme von der Salzburger Rolle zu schlecken. Die Damen waren fertig mit dem Rauchen und kamen zurück in das Wohnzimmer. Susi kam als erste rein und sah dadurch als erstes unseren Max auf dem Tisch die Buttercreme schlecken. Susi meinte es gut und rief laut: „Max! gehst du da von der Torte weg und geh sofort vom Tisch runter." Sie hatte den Satz noch gar nicht zu Ende gesprochen, da passierte es. Max hat sich so erschrocken, dass er vom Tisch gesprungen ist, mit seinen Krallen in der Tischdecke hängen geblieben ist und weil der Tisch super glatt war, alles zusammen runterzog. Alles war kaputt. Das schöne Tafelservice war hin und nicht mehr zu retten. Alle sahen sich betroffen an. Ich dachte nur, was Max in zehn Jahren nicht gemacht hat, das hat er jetzt in einer Minute geschafft.

Es war mittlerweile schon früher Abend. Claudia ging zu ihrer bekannten zurück und wollte mit Susi in Kontakt bleiben. Andi ist mit seiner Meike dann auch nach Hause gegangen und wir haben uns erst einmal hingesetzt und einen Schnaps getrunken. Unser bestes Kaffeeservice kaputt, Hansa hatte verloren. Das war nicht mein Tag, dachte ich noch als das Telefon klingelte und Gabor vom Csardas-Restaurant in Zamardi, am anderen Ende dran war. Er wollte nichts Besonderes, nur mal eben so anrufen. Er erzählte, dass wir den Saal haben könnten, aber nur wenn er die Getränke Versorgung machen kann. Ich machte ihm dann klar, dass es so nicht gehen würde, weil ich nehme keinen Eintritt und muss Pacht für den Saal bezahlen und die Künstler wollen ja auch was haben, sagte ich ihm. So ginge es nicht, dann müssen wir das ganze lassen, oder er macht es ganz alleine, versuchte ich ihm klar zu machen. Dann fragte er wie es Tomash geht, denn er hätte ihn auf unserer Facebook Seite gesehen. Susi hätte wohl ein Bild hochgeladen, wo er drauf zu erkennen ist. Mir wurde ein wenig flau in der Magengegen, und habe ihm versucht die wirkliche Geschichte von Tomashs fahrt als blinder Passagier zu erzählen. Er ließ mich gar nicht ausreden, sondern lachte mich aus. die Leute vermissen ihn wollte er mir begreiflich machen. Das Gespräch nahm dann eine Form an, wo böse Worte fielen und er dann wütend mit ungarischem Stolz, den Hörer aufgelegt hat. So laut, selbst Max und Tomash hatten sich erschrocken. Susi kam in mein Arbeitszimmer und fragte was los war und wollte wissen mit wem ich telefoniert habe. Ich erzählte ihr alles, worauf sie sagte:" *Ach, und nun bin ich schuld, oder was? Ich habe langsam die Schnauze voll von allem.*" An Susi zeigte sich, wie sehr uns die Doppelbelastung von der Arbeit und Planung vom Haus in Ungarn zu schaffen machte. Wir hatten aber keine andere Wahl, wir mussten da durch. Susi hat sich auf die Couch gelegt, die beiden Kater spürten, dass sie Trost brauchte und haben sich zu ihr gelegt und ich bin in die Eckkneipe, von uns schräg gegenüber, in der ich mindestens fünf Jahre nicht mehr war. Ich machte die Tür auf und wollte mich an den Tresen setzen, und wen habe ich da getroffen? mein Freund Andi. Er war ganz perplex und sagte mit seiner unverkennbaren sonorigen Stimme: „Eh, was treibt dich hier her, mein Freund?" Ich erzählte ihm die ganze Geschichte, worauf er nur sagte: Frauen, überall das gleiche" ich habe ihm dann recht gegeben und wir haben einige Rostocker Kümmel und einige Bier dazu getrunken. Weil mein Freund ein sehr kräftiger und sehr großer Mensch war, hat er mich dann zu Hause bei meiner Susi abgegeben. Natürlich haben Frau Grabunke und die alte Gerschwinkel wieder alles mitbekommen, so dass unser Viertel wieder gut unterrichtet werden konnte. Ok, ich hätte vielleicht das Singen im Hausflur lassen sollen.

Kapitel 4

Mitte April bin ich dann nach Budapest geflogen. Eine englische Fluglinie hat eine neue Route von Rostock/Laage nach Budapest eingerichtet und flog ab April, zweimal Wöchentlich im Direktflug. Auch der Preis stimmte. Man redet ja eigentlich nicht drüber, aber ich verrate mal den günstigen Preis. Ich bezahlte nur 160€ für Hin und zurück. Ich verrate noch etwas. Ich bin vorher noch nie geflogen, es war also mein Jungfernflug. Und der ging gründlich daneben. Es war keine Boing die mich nach Budapest bringen sollte, es war eine kleine französische Maschine die einer englischen Airline gehörte. Es war leider nicht nur die Maschine klein, auch die Sitze waren extreme eng. Ich presste mich mit meinem dicken Hintern in den Sitz und dachte, „Hier kommst du nicht wieder raus." Dann kam die Anweisung vom Flugpersonal, das man sich anschnallen soll. Das Flugpersonal umfasste genau eine Person, die allerdings nicht zu umfassen war, denn sie war genau so dick wie ich. Ich habe es versucht, wirklich. Aber es ging nicht. Ich habe dann den Gurt so gelegt als hätte ich ihn richtig angelegt. Beim Start war alles ok, da presste es mich ja in den Sitz. Aber als wir in Budapest zur Landung ansetzten, bin ich nach vorn gerutscht und habe versucht mich am Vordersitz abzustützen. Mir sind fast die Handgelenke gebrochen. Ich hatte das Gefühl, das die Fliehkraft mich aus dem Flugzeug befördert. Aber ich kam ja nicht aus meinem engen Sitz. Er hat mich wohl gerettet, der dicke Hintern. Irgendwie hat die Flugbegleiterin das mitbekommen, denn beim Aussteigen erwähnte sie ganz beiläufig in englischer Sprache: „Goodman, wer Havel Belt Extension. Weh do not Theo Asci." Das hätte sie auch mal eher sagen können, dachte ich. Während des 90 Minuten Fluges nach Budapest bekam ich so ziemlich genau in der Hälfte des Fluges ganz extreme Zahnschmerzen, sowie auch extreme Kopfschmerzen. Ich habe später mal mit einer Neurologin und auch mit meiner Zahnärztin darüber gesprochen, beide konnten mit meinem erzählten Phänomen nichts anfangen. In Budapest angekommen, suchte ich eine

Autovermietung. Hier hatte ich natürlich die Qual der Wahl. Ich ging zu der bekanntesten und suchte mir einen schönen Mittelklassewagen aus deutscher Fertigung aus, bekam als Neukunde, einen von drei Tagen geschenkt, und fuhr damit auf der E71 beziehungsweise auf der M7, die 130 Kilometer, direkt nach Zamardi an den Balaton. Fahrzeit war über zwei Stunden, aber nur, weil wegen einem Unfall ein kurzer Stau war.

Ich kam bei schönstem blauen Himmel, aber niedrigen Temperaturen von gerade mal 12°C, gegen 14:00 in Zamardi an. Janosch hat mich schon erwartet. Ich konnte das daran sehen, weil er schon das eiserne Hoftor geöffnet hatte. Ich sollte in der frisch renovierten Wohnung schlafen, in der im letzten Jahr noch die Schweizerin Emilia gewohnt hat. Mir fiel natürlich auf, es waren kaum Menschen unterwegs, was natürlich daran lag, dass noch keine Saison war und die vielen Urlauber noch fehlten. Janosch kam mit seiner Frau Susza aus dem Haus und wir begrüßten uns erst einmal. Janosch stellte dann seine Ungarn typische schwarzhaarige und durch die Sommersonnen dauergebräunte Frau Susza vor, denn sie haben wir im letzten Sommer überhaupt nicht zu Gesicht bekommen, weil wie Janosch erzählte, Susza den ganzen Sommer über bei ihrem Sohn in Budapest war und auf die Enkel aufgepasst hat. Ich fragte ihn dann wieviel Kinder er eigentlich hat, worauf er sagte: *„Ein Sohn lebt mit seiner Frau und unseren zwei Enkelinnen in Budapest. Er arbeitet bei einer großen deutschen Elektrofirma und seine Frau ist Lehrerin."* erzählte Janosch und kam ins Stocken. *„Sind die Enkelinnen noch klein?",* wollte ich wissen. *„Ja ganz klein, sieben und fünf Jahre und ganz lieb."* Dann wurde Janosch traurig, sein Blick trübte sich ein und er fing plötzlich an zu weinen, erzählte aber trotzdem: *„Wir haben noch einen Sohn, der lebt in einer Klinik bei Siofok. Er hatte vor zwei Jahren einen Motorradunfall und liegt seitdem im Wachkoma."* Seine Frau Susza nahm ihn dann in die Arme und sagte zu mir. *„Er mag sie, er erzählt von seinem Sohn, der übrigens John heißt, ganz selten und wenn, dann nur mit wirklichen Freunden oder Verwandten."* Ich lobte Susza noch für ihr gutes Deutsch, worauf sie mir erzählt hat, dass sie bis zu dem Unfall ihres zweiten Sohnes, Deutschlehrerin war.

Plötzlich hupte es und ein großer Land Rover rollte auf den Hof. Barbara alias Babsi saß am Steuer, fuchtelte schon im Auto ganz aufgeregt vor Freude mit ihren langen armen umher, stieg aus und wir zwei fielen uns erst einmal um den Hals. Susza hat mich und Babsi dann für den darauffolgenden Tag zum Essen eingeladen. Babsi fragte dann ob sie ihre Frau mitbringen kann, worauf sich Janosch und Susza anschauten und andeuteten, dass sie kein Problem damit hätten. In einem katholisch geprägten Land wie Ungarn, ist es noch nicht selbstverständlich, wenn man auf dem Land lebt, sich zu outen und in einer Schwulen oder lesbischen Beziehung lebt. Dann sind Babsi und ich erst einmal zu unserem Grundstück gegangen. Es war ja nicht weit, gleich um die Ecke. Nur ein Grundstück lag zwischen Janosch seinem und dem unseren. Babsi machte mich noch richtig neugierig, denn sie sagte immer wieder. *„Du wirst staunen, staunen wirst du."* Wir standen dann vor dem Grundstück und mir blieb erst einmal jedes Wort, welches beginnen wollte, mich zu verlassen, sprichwörtlich im Halse stecken, denn das Haus war sauber abgetragen, bis zum Fundament, alles war aufgeräumt. Es bräuchte nur noch die Baufirma kommen, um ein neues Haus auf das alte Fundament zu setzen. Ich bin dann Babsi um den Hals gefallen, was reichlich komisch ausgesehen haben muss, denn sie war ja bekanntlich fast zwei Meter groß und ich nur 1,7 Meter hoch. Alles war so wie ich es mir vorgestellt hatte. Ich habe dann Susi angerufen und ihr alles erzählt und auch ein paar Fotos rübergeschickt.

„Wo ist eigentlich Tomash Theo Wundertat?" Fragte Babsi. *„Ach weißt du das gar nicht?"* sagte ich und erzählte ihr dann die ganze Geschichte vom Blinden Passagier. Ich erzählte ihr, bei dieser Gelegenheit auch gleich von meinem Streit mit Gabor. Babsis Antwort war nur: *„Spinnt der, geht es ihm zu gut?"* Babsi machte mich dann darauf aufmerksam, dass man in Ungarn eingesperrt wird, wenn man Tiere entführt. *„Diese Geschichte glaubt dir hier kein Mensch und den Gabor nehmen wir uns auch heute noch vor."* Sagte Babsi zu mir.

Wir haben uns dann noch den Schuppen angesehen, den Babsi mit ihren Leuten stehen lassen sollte. Da Sie noch ein wenig

Zeit hatten, weil sie mit dem Abriss früher fertig waren, haben ihre Jungs gleich noch das Schilfdach vom Schuppen repariert und den Schuppen so weit leergeräumt, dass unser Werkzeug und kleinere Baumaschinen dort gesichert untergestellt werden konnten. Auch den Brunnen haben sie schon repariert und auch hier, das Schilfdach wieder in Ordnung gebracht.

Ich habe dann Babsi tausendmal gedankt und gelobt. Ich glaube sogar, sie ist ein wenig rot geworden. Sie hat mir dann aber auch eine negative Nachricht übermitteln müssen. Sie hat keine adäquate Baufirma gefunden, die unsere Vorstellungen umsetzen hätten können. Sie erzählte, dass die meisten nur super moderne Häuser bauen wollten, oder sie hatten schlicht weg keine Zeit. *„Lass uns das doch heute Abend bei einem Glas Balaton-Wein erläutern"*, sagte sie. *„Das können wir machen, ich will bloß noch meine wenigen Sachen in meine Unterkunft stellen"*, gab ich zu verstehen. Wir sind dann wieder zu Janosch zurück und haben meine Sachen aus dem Mietwagen geholt und haben sie dann in die kleine Ferienwohnung gebracht, die sich von der Größe her nicht verändert hat. Jetzt sah aber alles sehr freundlich aus. Die verqualmten Wände waren jetzt wieder weiß und durch die geputzten Fenster und die neuen Möbel, konnte man sich hier jetzt richtig wohlfühlen.

Wo wollen wir uns eigentlich in Ruhe hinsetzten, fragte ich Babs, die sofort den Vorschlag machte, dass wir uns in das Restaurant von Gabor setzen. Ich fand den Vorschlag gut, weil wir da gleich zwei Fliegen mit einer Klappe schlagen können. Sie hatte ja Recht und was sollte auch passieren. Ich habe dann meinen Mietwagen stehen lassen und bin zu Babs in den Land Rover gestiegen. Als wir unten im Restaurant ankamen, waren wir die Einzigen Gäste. Wir suchten uns ein stilles Eckchen aus und schauten erst einmal in der Weinkarte nach, was gutes Angeboten wurde. Zu unserem Erstaunen bediente aber nicht Gabor, sondern sein Schwiegersohn Tomash. Wir sagten das wir vielleicht erst später etwas essen wollen und haben nur den weißen Riesling bestellt. Als Tomash den Wein brachte, haben wir gefragt ob Gabor im Haus ist.

Tomash erzählte, dass Gabor in Siofok im Gastronomie-Großhandel einkaufen ist, er aber eigentlich gleich wieder da sein müsste.

Babs präsentierte erst einmal ihren Vorschlag. Sie breitete dazu eine Zeichnung auf dem Tisch aus und versuchte mir zu erklären, dass wir keine Baufirma bräuchten. Sie würde sich Kollegen suchen, die genauso einen Hausmeisterservice haben wie sie, die aber ausgebildete Maurer, Zimmerer, Elektriker oder Heizungsspezialisten sind. Sie erzählte weiter, dass es für uns einen großen Vorteil gäbe, denn sie würden alle allein arbeiten, maximal sich gegenseitig unterstützen, aber als selbständige Firmenchefs so lange arbeiten können, wie sie wollen, denn sie bräuchten keinen Tarif einzuhalten. Sie hätte sich das mal durchgerechnet und wir hätten gegenüber einer Hausbaufirma sogar eine Einsparung von 18 %, die wir dazu nutzen könnten einen Garten und die dazugehörigen Wege anlegen zu lassen. Babs sagte, dass sie selbst für diese Arbeiten schon jemand hätte, der das macht. Einzig einen Bauingenieur der die Statik berechnet und sich dafür verantwortlich zeigt, den müsste sie irgendwo rekrutieren. Ich war begeistert und habe mir dann die Zeichnung angeschaut. Weiß der Geier, wie Babs das gemacht hat, es war jedenfalls in allen Belangen eine Meisterleistung von ihr. Ich habe die Zeichnung mit dem Handy fotografiert und sie zu meiner Frau geschickt. Es dauerte gar nicht lange, da klingelte mein Smartphone.

Susi fand das alles Wunderbar, wollte aber mit der endgültigen Entscheidung warten, bis ich wieder in Rostock bin. Ich habe nichts dagegen vorbringen können, wusste ich doch um ihre Reaktion, wenn ich wieder alleine entschieden hätte. Susi erzählte mir aber noch eine Story, die kaum zu glauben ist. Frau Grabunke und die alte Gerschwinkel, haben uns beim Ordnungsamt und bei unserem Vermieter angezeigt und nicht nur das, sie haben auch eine Anzeige wegen der Kratzer, bei der Polizei gemacht, die der kleine Tomash der Frau Gerschwinkel versetzt hat. Das Ordnungsamt wäre heute sogar dagewesen und hat sich in der Wohnung umgesehen. Sie haben natürlich keinen Missstand gefunden und eigentlich war den Leuten vom Ordnungsamt, die

Angelegenheit peinlich, aber Susi erzählte, sie mussten der Anzeige nachgehen, weil es ihre Pflicht wäre. Am meisten haben sich wohl die beiden alten Fregatten darüber geärgert, dass sie nicht mit in unsere Wohnung gedurft haben. Ich musste Susi am Telefon noch beruhigen und habe ihr gesagt: Alles wird gut und wenn der Vermieter sich noch meldet, dann kannst du gleich sagen, wir Kündigen sowieso bald. Wir haben uns dann noch ein paar Küsschen durch das Telefon geschickt Babsi hat auch noch mal kurz mit Susi gesprochen und dann stand plötzlich Gabor am Tisch und sagte Hallo. Wir haben dann versucht miteinander zu reden. Anfänglich schien er sehr uneinsichtig zu sein, bis ich ihm klarmachen musste, dass er auch nur ein Pächter ist und ich mit dem Besitzer, dem Herrn Mischnicks, der in Wien wohnt ein langes Gespräch geführt habe. Ab dem Moment wurde Gabor ein wenig Kleinlaut. Ich versuchte ihm noch mal klar zu machen, so wie er sich das denkt geht es nicht. Wenn wir diesen Musikclub dort gemeinsam betreiben wollen, geht das nur wenn wir gemeinsam die Kosten teilen und auch die Gewinne teilen. Ich glaube Gabor stand das Wasser bis zum Hals. Die Geschäfte liefen nicht mehr so gut, wie noch vor ein paar Jahren, da dachte er sich wohl, ziehst den Deutschen über den Tisch, der merkt das eh nicht. Gabor stand auf und ging in die Küche. Babsi war die ganze Zeit ganz still und fragte *was hat der Verpächter denn über Gabor erzählt?* ich sagte zu Babsi: *Nichts* darauf Babsi: *Nee das glaube ich jetzt nicht, du bist ja ein Schlitzohr, gut das man das weiß* Gabor kam mit drei Palinka zurück, hat sich entschuldigt und mit uns angestoßen. *Übrigens Gabor, der Mischnicks in Wien, der ist mit der Saalmiete noch einmal um 20% runtergegangen* Gabor fing an zu weinen, ich glaube er hatte sich geschämt. Hat sich als stolzer Magyar aber schnell wieder beruhigt. Er hat sich aber trotzdem für den Abend verabschiedet, so dass wir, Babs und ich noch einmal das Projekt Hausbau in Angriff genommen haben. Wenn wir noch in dieser Woche beginnen würden, sagte Babs, kannst du mit Susi Weihnachten im neuen Haus feiern. Sie hätte wohl einen Lieferanten an der Hand, der das Haus quasi schon vorfertigen würde und der könnte mir dieses Zeitfenster garantieren. Babsi zeigte mir auch, dass es nicht so ein Trockenbau Fertigteilhaus ist, wie es in Deutschland gibt, es wäre sogar ein Haus mit teilweisen traditionellen Lehmbauelementen. Zum Beispiel gibt es einen gerundeten Lehmbaukamin. Das hörte sich alles sehr verlockend an. Ich erzählte Babsi das wir aber im Mai unsere Wohnung kündigen müssen, weil wir im August schon umziehen, denn im September beginne ich meinen neuen Job bei Hungaro Stone Ltd. Siofok und bin dann Sales Manager Inbound. Babsi wollte es nun auch noch mal auf Deutsch wissen. *„Bis jetzt habe ich bei Granit Deutschland GmbH im Außendienst gearbeitet, später bin ich dann der Verkaufsleiter im Innendienst bei der neugegründeten Tochterfirma von Granit Deutschland. Werde viel mit einheimischen Mitarbeitern zu tun haben, ganz einfach, weil ich mir die ungarische Sprache noch aneignen muss.*" Sagte ich zu Babs. Der Abend verging wie im Fluge, Barbara hat mich dann hoch auf den Steinberg in die Fö U. gebracht, was nichts anderes als Hauptstraße hieß.

Ich habe mich dann verabschiedet mich noch mal bedankt und uns Glück gewünscht. Habe noch gerufen, dass wir morgen eingeladen sind, bin dann in meine neue Wohnung, setzte mich in den großen braunen Lehnstuhl, an dem man eine Fußbank rausziehen konnte und muss sofort eingeschlafen sein, denn am Morgen saß ich immer noch angezogen im Stuhl.

Ich habe mich dann frisch gemacht und wollte mich um die Umzugsfirma kümmern, beziehungsweise um den Containerdienst, da wir ja im August umziehen wollten und erst im Dezember, so Babsi will, in das Haus ziehen können. Der Container sollte so lange in einer großen Halle in Siofok Zwischengeparkt werden. Ich habe mir, in der voll eingerichteten kleinen Küche, die nagelneu war, erst man einen Kaffee gekocht. Die neue Küche, hatte knall rot, hochglänzende Türen, so wie Susi sie immer haben will. Das ist vielleicht ganz gut, dachte ich, da kann sie vor Ort gleich mal sehen, wie erschlagend das rot wirken kann. Ich habe mich mit dem Kaffee, noch mal in den Lehnsessel gesetzt und die Zeit, seit dem letzten Sommer, an mir vorbeiziehen lassen, und musste feststellen, der kleine Tomash hat vieles unbewusst beeinflusst. Wir haben viele neue Freunde kennengelernt und umgezogen beziehungsweise ein Haus gebaut, hätten wir auch nicht. Er ist für uns eine absolute Bereicherung. Selbst für Max, denn der ist jetzt nicht mehr so allein. Generell hoffen wir beide, dass uns das Leben in Ungarn ein wenig entschleunigt, dass Arbeit nicht im Mittelpunkt steht, sondern wir das Leben auch mal genießen können.

Ich bin dann nach Siofok gefahren und habe den Containerdienst gesucht, mit dem ich von Rostock aus, schon telefoniert hatte. Habe ihn auch gleich gefunden, aber es war keiner da. Überhaupt sah es so aus als wäre hier schon lange keiner mehr dagewesen. Ich schlich um das Objekt, habe laut gerufen, aber alles vergebens. Habe auch noch mal die Telefonnummer angerufen, die ich nach dem heimatlichen Gespräch gespeichert hatte, alles war vergebens. Dann habe ich einen älteren, betrunken wirkenden Mann angehalten, der große Achten auf der Straße fuhr. Der bekam gleich Angst, weil er wahrscheinlich dachte ich bin von der Polizei, denn er faselte immer etwas von „Rendörseg" was auf Ungarisch Polizei bedeutet. Ich machte ihm dann klar: „Ich Tourist, verstehst du?"

„Ahhh" machte er und begann zu lächeln. Jetzt konnte ich auch seine fehlenden Zähne sehen und das meine Nase noch gut funktioniert, wusste ich auch ab dem Moment. *„Du haben für meine kleinen Katzen ein bisschen Geld für Futter, bitte"* sagte er. Ich sah keine Katzen und fragte ihn: *„Wo sind Katzen?"* er wieder *„Ahh pass auf"* Einen einzigen Kuchenzahn hatte er noch, aber auf dem konnte er mit zwei Fingern kurz und laut pfeifen. Mit einem Mal kamen fünf verschieden aussehende Katzen aus allen Richtungen und schnurrten ganz laut und drehten Achten um unsere Beine. Es war auch eine Rotbraune dabei, die genau so aussah, wie die Katze die mir im letzten Sommer in der Nacht begegnet ist und mich so lange angestarrt hat. Auch dieses Mal war sie die einzige, die nicht schnurrte und mich wieder mit ihrem Blick durchbohrte. Ich wusste nicht was ich machen sollte, erschreckte mich sogar noch mehr, als ein Kater dazu kam, der eindeutig ein Kartäuser war und genau wie Tomash aussah. Der alte Mann fragte noch einmal: *„Hast du ein wenig Geld für Essen."* Als er merkte ich interessiere mich für den Kartäuser, sagte der alte Mann: *„Das ist*

Zandro, der Bruder vom berühmten Tomash von Zamardi" Ich habe dann dem Alten Mann Fotos von Tomash auf meinem Smartphone gezeigt. Und tatsächlich, der Zandro sah genauso aus wie unser Tomash. Beide hatten den selben kleinen weißen Fleck auf der Brust. Ich habe dann Judith angerufen, die mich tröstete und sagte: Ich kenne den Alten, den nennt man „Siófoki macskák királya" den König der Katzen von Siofok. Während der ganzen Zeit, hat mich die Rotbraune nicht aus dem Blick gelassen. Genau wie damals. Judith sagte mir noch, ich bräuchte gar nicht erst versuchen die Katzen zu ihr in das Tierheim zu bringen. Der Alte würde das nicht zulassen und überhaupt, er hat in Siofok eine Halle, die einer Pleite gegangenen Spedition gehört, wo er den letzten Forint in seine Felltiger investiert. Ich fragte dann den Alten, ob die Spedition hier pleite ist, worauf er sagte: *„Hier ist keiner mehr, deshalb lebe ich hier mit meinen Katzen. Die Firma ist pleite, ja."* ich habe ihm dann etwas Geld gegeben. Er bedankte sich und verschwand mit vier Katzen. Nur die rotbraune die starrte mich jetzt nicht mehr an, aber miaute jetzt ganz laut, genau wie Zandro auch, als würden sie mir etwas sagen wollen. Ich kam dann auf die Idee, das Miaue von Zandro mit meinem Smartphone aufzunehmen und zu Hause unserem Tomash vorzuspielen.

Als der Spuk vorbei war, stand ich wieder alleine da, hab mich in mein Auto gesetzt und bin zur nächsten Tankstelle gefahren. Dort habe ich nach einem international ausgerichteten Umzugsunternehmen gefragt. Der Tankstellen Besitzer sagte: Nehmen sie doch mich, ich habe drei LkW und fahre durch ganz Europa. Ich habe ihm dann mein Anliegen erklärt. Er sagte kommen sie mit und zwei Minuten später saß ich bei ihm im Büro. Er erzählte mir dann, dass die Beiden Firmenchefs der anderen Spedition, polizeilich gesucht werden. Ich wäre wohl nicht der einzige, den die beiden betrogen haben. Sagte er noch. So nebenbei klickte er auf seiner Tastatur irgendetwas in den PC. Als er mit erzählen fertig war, hat er wie ein Multitasking Genie, auch das Angebot fertig gehabt, Ich musste zwei Mal auf das Blatt schauen, ich wollte es fast nicht glauben. Er war bedeutend günstiger als die Pleitefirma. Ich fragte ihn noch warum er so gut Deutsch sprechen kann, woraufhin herauskam, er hat einen deutschen Vater und ist deutschsprachig aufgewachsen. Schon wieder einer, dachte ich, denn er erzählte noch, hier in Ungarn wäre alles nicht so streng, er lebt bedeutend ruhiger als in Deutschland, wo er als Abteilungsleiter in einem schwedischen Möbelhaus gearbeitet hat.

Nachdem das auch erledigt hatte, wusste ich nicht was ich machen sollte. Ich habe dann meinen Laptop genommen und mich in ein Café gesetzt und habe einen Plan gemacht, was die Auswanderung angeht und vor allem, was wir noch erledigen müssen. Ich habe erst einmal im Internet gesucht, wie das mit dem längeren Aufenthalt in Ungarn überhaupt ist. Und habe gelesen: Um als EU-Bürger die Einreisebestimmungen zu erfüllen, muss man lediglich einen gültigen Reisepass oder Personalausweis besitzen. So können Sie visumfrei einreisen und sich bis zu 90 Tage im Land aufhalten.

Für längere Aufenthalte muss man aber folgendes beachten:

Ein Aufenthaltsrecht für eine Zeit von mehr als drei Monaten haben alle Staatsangehörigen des Europäischen

Wirtschaftsraums (EWR), also auch deutsche Staatsangehörige, wenn sie 1. einer Erwerbstätigkeit nachgehen, 2. hinreichend Vorsorge getroffen haben, dass der Aufenthalt für das ungarische soziale Versorgungssystem keine unvertretbar hohen Belastungen bedeutet und sie insbesondere über eine umfassende Krankenversicherung verfügen, oder 3. der Aufenthalt im Rahmen der Absolvierung eines staatlich anerkannten Studiums – einschließlich Berufs- und Erwachsenenbildung - erfolgt und ebenfalls genügend hinreichend Vorsorge getroffen wurde, dass der Aufenthalt für das ungarische soziale Versorgungssystem keine unvertretbar hohen Belastungen bedeutet und eine umfassende Krankenversicherung gegeben ist.

Bei einem Aufenthalt in Ungarn von mehr als drei Monaten besteht für deutsche Staatsangehörige eine generelle Pflicht zur Registrierung. Spätestens am 93. Tag nach der Einreise zu einem dauerhaften Aufenthalt ist dieser unter Mitteilung der personenbezogenen Daten beim Amt für Einwanderung und Asyl persönlich anzumelden. Dabei sind neben einem gültigen Personalausweis oder Reisepass die Unterlagen einzureichen, aus denen sich das Bestehen des Aufenthaltsrechtes ergibt.

In der Regel sind dies:

1.- Ein Arbeitsvertrag oder bei der Rechtsstellung als Familienangehöriger ein Dokument zum Nachweis des Bestehens einer Familienbeziehung,

2.- ein Mietvertrag nebst Zusatzerklärung des Vermieters, dass er der Registrierung des Mieters unter folgender Adresse zustimmt oder Eigentumsnachweis bei eigener Immobilie sowie

3.- Nachweise hinsichtlich ausreichender finanzieller Mittel und der - Berechtigung zur Inanspruchnahme von Leistungen der Krankenversicherung oder der finanziellen Deckung dieser Leistungen.

Sind alle Bedingungen erfüllt, erteilt das Amt sofort eine Registrierungsbestätigung die die Anmeldung und den Anmeldetag belegt.

Spätestens nach einem fünfjährigen rechtmäßigen Aufenthalt ohne

Unterbrechung in Ungarn steht dem deutschen Staatsangehörigen ein ständiges Aufenthaltsrecht in Ungarn zu. Sofern sich ein deutscher Staatsangehöriger zur Betreibung einer Erwerbstätigkeit in Ungarn aufhält, sind er und seine Familienangehörigen unter bestimmten Bedingungen bereits vor Ablauf von fünf Jahren zum ständigen Aufenthalt berechtigt. Auf persönlichen Antrag beim Amt für Einwanderung und Asyl bzw. bei der laut seinem Wohnsitz zuständigen Regionaldirektion wird eine ständige Aufenthaltskarte für EU Staatsangehörige erteilt.

Als ich das gelesen hatte, war ich schon ein wenig erstaunt, wie bürokratisch Ungarn sein kann, aber vielleicht ist es auch nur ein geschriebenes Beamtenchaos. Wir werden einen Arbeitsvertrag haben, verdienen also Geld, haben bald eine eigene Immobilie, somit steht unserer Einwanderung wohl nichts mehr entgegen.

Über die Krankenversicherung habe ich mich schon mal erkundigt und da sieht es so aus, wenn wir längerfristig in Ungarn leben wollen, müssen wir irgendwann Abschied von der, durch ihre Leistungen

bestechende   Deutsche
Krankenversicherung, uns verabschieden
müssen, es sei denn, wir versichern uns
Privat, aber da muss ich mich erst noch
mit einem Fachmann unterhalten, denn in
dem Dschungel blicke ich und meine Frau
noch nicht durch.

Ich habe mich dann noch eine Weile mit
dem Kellner unterhalten, der wie es schien
auch kein Ungar war. Es stellte sich
heraus, er war Österreicher, der hier
wegen seiner Freundin lebt, die einen gut
bezahlten Job in der Stadtverwaltung hat
er sich Erfahrung in der Gastronomie und
der ungarischen Sprache aneignen will um
sich hier am Balaton, irgendwann mal
selbständig machen will. Ich habe dann
bezahlt hab mich verabschiedet und dem
jungen Ösi alles Gute gewünscht, habe
mich in meinen Mietwagen gesetzt, bin
losgefahren und zwei Tage später im
Hospital von Siofok wieder aufgewacht.
Was war passiert? Ich weiß es ja nicht,
aber erzählt wird, dass ich vom Parkplatz
losgefahren bin und ein mit völlig

überhöhter Geschwindigkeit fahrender Porsche Fahrer mir hinten auf meinen Mietwagen geknallt ist und ich anschließend mit einem entgegen kommenden Traktor zusammen geknallt bin. Ich habe mir eine so heftige Gehirnerschütterung zugezogen, dass man Angst hatte und mich sicherheitshalber ins Kurzzeitkoma versetzt hat. Dann hatte ich diverse heftige Prellungen und Dehnungen im Bereich des Halswirbels, sowie ein gebrochenen kleinen Zeh am linken Fuß. Der Kellner der mich bedient hatte, musste alles mit ansehen, weil ich der letzte Gast war und er die Chance genutzt hat um vor der Tür eine zu Rauchen. Er hat dann auch sofort den Notarzt gerufen und die Polizei verständigt. Letzteres war wichtig, weil der Porschefahrer es so eilig hatte, und vom Unfallort geflüchtet ist. Warum, konnte man zu diesem Zeitpunkt nur ahnen. Ich bin also nach zwei Tagen wieder aufgewacht und ein Dr. Feresh stand neben meinem Krankenbett und hat mich erst einmal beglückwünscht. Beglückwünscht dazu überlebt zu haben, denn wenn ich nicht angeschnallt gewesen wäre, hätte ich mir den ersten oder zweiten

Halswirbel gebrochen und das hätte bestenfalls im Rollstuhl geendet. So bräuchte ich nur eine Woche im Bett liegen und nur zur Schonung im Rollstuhl fahren. Meine Susi hat man verständigen können und die hat dann Babsi und Judith angerufen, die wiederum Janosch und Suzsa Bescheid gegeben haben. Susi hat dann das einzig richtige gemacht und hat Babsi das Jawort gegeben, damit das Projekt Hausbau gestartet werden konnte. Zwischendurch kam immer wieder Besuch, so dass es mir manchmal, durch die Hämmernden Kopfschmerzen, zu viel wurde. Ab dem vierten Tag durfte ich das erste Mal, zwar im Rollstuhl sitzend und von einem Pfleger schiebend, an die schöne Frühlingsluft. Ich wäre auch gern allein gerollt, aber mir hatte man, genau wie dem kleinen Tomash, solch eine behindernde Halsmanschette angelegt. Ich weiß nicht warum, aber ich bat den jungen Pfleger darum, mich allein in der Frühlingssonne stehen zu lassen. Als ich so über die grüne Wiese sah, die durch bluhende Tulpen und ein paar restliche Osterglocken und Krokusse den Frühling anzeigten. Sah ich zwei Kater auf mich zukommen. Es waren der große rotbraune

Kater, der in zwei Meter Entfernung sitzen blieb und mich ganz genau beobachtet hat und es war Zandro, der angebliche Bruder von Tomash. Der kleinere Kartäuser schnurrte um mich herum bis er den Mut fasste und zu mir auf den Schoß sprang. Ich weiß nicht ob Katzen spüren, wenn es einem schlecht geht, aber ich musste in dem Moment an Tomash und an sein krankes Frauchen denken, die er nach Aussage der Leute in Zamardi gesundgemacht hat. Es war ein schönes Gefühl, seinen warmen und schnurrenden Körper zu spüren. Nach einer Stunde hat mich der Pfleger wieder hereingeholt, habe ihn gebeten noch einmaleine Minute zu warten, denn am Zaun stand der „König der Katzen von Siofok" und winkte mir zu. Der Pfleger schüttelte mit dem Kopf und fragte mich: „kennen sie den Penner?" Ich sagte nur ja und war irgendwie Seelig und innerlich zu frieden. Ich hatte irgendwie das Gefühl, eine wärmende heilende Energie aufgenommen zu haben. Als er mich in mein Zimmer rollte, wartete ein junger Mann auf mich. Es war der junge Österreicher der mich am Tag des Unfalls bedient hatte. Ich hatte ihn nicht gleich erkannt, weil er heute in Jeans, T-Shirt und lockigem offenen Haar daherkam. Ich hatte noch das Bild von einem adrett angezogenen jungen Mann vor mir, der ein weißes Hemd, dazu eine weinrote Fliege und eine rote Bistroschürze vor dem Bauch trug und seine Haare, nicht wie letztens, zum Zopf gebunden hatte. Er sagte hallo, ich auch und dann verständigten wir uns erst einmal auf ein Du. *„Ich bin Mario"* sagte ich worauf er freundlich mit Wiener schmäh sagte *„Ich bin Alexander, kannst mich aber Alex rufen"* ich habe ihm dann erzählt wie es mir geht und wie die Prognosen sind. In der Zeit wo ich erzählt habe, stellte er einen großen Strauß Blumen in die Vase und sagte: „Die sind von meiner Freundin und mir, da *wirst du wieder ganz gesund, soll ich dir ausrichten, du musst aber dran riechen"* so fast nebenher sagte er plötzlich: *„ Na ja und das feige Arschloch haben sie ja auch aufgegriffen, mich hast du jedenfalls als Zeuge"* Ich glaubte falsch verstanden zu haben, er sagte dann nochmal: *„Na ja, der dir hinten aufs Auto geknallt ist und feige zu Fuß abgehauen ist, der liegt im Nachbarzimmer. Ich habe ihn wiedererkannt, weil ich Trottel konnte mir von unten bis hier hoch die Zimmernummer* *nicht merken und bin ausversehen ins falsche Zimmer rein. Sag bloß du wusstest das gar nicht?* Ich war ganz perplex und wusste nicht was ich sagen sollte. Alex wollte die Polizei rufen. Ich habe ihn aber davon abgehalten und sagte ihm, dass ich das selber machen will. Wir erzählten noch ein wenig und philosophierten über unsere Zukunft, was wir alles noch vorhaben und hatten fast die Zeit vergessen. Es sollte sich eine dauerhafte Freundschaft entwickeln. Alex hat mir noch seine Adresse gegeben, die ich der Polizei geben soll, damit er eine Aussage machen kann. Mir gegenüber versprach er auch seine Loyalität in dem er sagte: „*Mach dir keine Sorgen, wenn du gegen den Typen klagen willst, ich sage für dich aus, der Typ hat Kohle, der fährt beziehungsweise fuhr einen Porsche 911, den lassen wir ordentlich bluten.*" Sagte Alex und verschwand erst einmal. Es war langweilig im Zimmer, welches wie so viele trostlos weiß gestrichen und gänzlich ohne irgendwelche Bilder auskommen musste. Da ich annahm, dass keiner mehr kommen würde habe ich meinen Freund Billy angerufen. Als ich mit ihm sprach, klang er sehr abgehakt, es war schlechter Empfang. Er hatte dann angehalten und sagte, dass er auch heute noch anrufen wollte. Das sagen sie alle, habe ich ihm entgegnet. Er erzählte mir, er sei in der hohen Tatra im Kurzurlaub und fragte mich, wann ich entlassen werde. Ich erzählte ihm, in circa 4 Tagen, das wäre am Samstag. Er erzählte mir, er habe mit Susi gesprochen, die sich so ausgedrückt hätte, es wüsste wohl keiner so recht wie wir dich nach Hause bekommen. Den Automobilclub, den hast du wohl schon gekündigt und die Krankenkasse sagt du kannst dich auch in Ungarn gesund pflegen lassen. *„Wenn das mit Samstag bestätigt wird, dann rufe sofort an, denn dann kommen Gabi und ich dich holen."* Sagte er. Ich freute mich natürlich darüber. Er war dann kaum noch zu verstehen und das Gespräch ist abgebrochen. Schöne neue Welt dachte ich und habe dann per SMS mit ihm kommuniziert.

Es war gegen 18:00 Uhr als die deutsch sprechende, pummelige Schwester Jana, die Austausch Schwesternschülerin war, zum allabendlichen Blutdruckmessen ins Zimmer kam. Dabei fragte ich Schwester Jana, wer der Patient im Nachbar Zimmer ist. Darauf sagte sie in berlinerischem Dialekt:" Ach hörnse bloß uff, det is ne arme Sau, den hamse Überfalln und der hat sich jans allene ins Krankenhaus jeschleppt. Sagte sie. Weiter erzählte die redselige Jana, dass sie ihm seine ganzen Ausweißpapiere und auch seine Krankenkarte geklaut haben. Er hat innere Verletzungen und muss noch ein paar Wochen auskurieren. Sie wollte wissen warum ich so neugierig bin, ich konnte natürlich nichts sagen und erwähnte aber etwas von einer geheimen Mission, aber sie dürfe zu keinem was sagen. Was sie auch nicht tat.

Der nächste Tag war ein Dienstag, ich habe morgens meine Halskrause wieder um Bekommen, habe Frühstücken dürfen und habe dann auf die Visite gewartet. Gegen 09:00 Uhr kam sie dann auch, aber ich muss gestehen, ob sie nun kam oder nicht, es war das gleiche wie bei uns in Deutschland, ich habe nichts verstanden. Ich habe dann eine Oberschwester gebeten, meine Entlassung am Sonnabend abzuklären. Die Oberschwester hat mich dann gefragt, was ich mit Schwester Jana gemacht hätte, sie wäre so anders, irgendwie geheimnisvoll. Ich habe ihr dann von der Geschichte erzählt und so schnell konnte ich es gar nicht aussprechen wie sie die Polizei angerufen hat. Fortan, brach irgendwie Hektik aus, im Provinzkrankenhaus in Siofok. Polizei hatten sie hier wohl noch nicht im Haus, es sah jedenfalls danach aus. Zwei super gutaussehende blonde Damen von der Ungarischen Polizei, man hätte meinen können sie wurden für den Job gecastet, haben mich auch befragt und mir zu verstehen gegeben, der junge Mann ist identifiziert und ich bräuchte mir keine Sorgen machen, es würde alles seinen Gang gehen. Babsi und Judith besorgten mir einen Rechtsanwalt, der bei der bevorstehenden Verhandlung meine Interessen vertrat und der Typ, ein vorbestrafter Drogendealer aus Budapest, wurde zu einer Bewährungsstrafe verurteilt und dank der Aussage von Alex, musste er umgerechnet 5.000€ Schmerzensgeld an mich zahlen. Ich habe dann ganz einfach entschieden, 4.000€ bekommt das Tierheim von Judith und 1.000€ soll der alte Mann, alias der König der Katzen von Siofok bekommen. Das wusste ich aber an dem Dienstag noch nicht, denn ich habe mich von Schwester

Jana nach dem die Polizei weg war hinaus ins Grüne fahren lassen. Dieses Mal aber weiter zum Zaun hin, damit ich dem alten Mann meine frisch am Frühstückstisch zusätzlich geschmierten Brötchen geben kann. Ich wusste nicht ob er kommt, aber ich hatte es irgendwie im Gefühl. Jana stellte mich dann ab, machte an meinem Rollstuhl die Bremse fest und wollte mich allein lassen. Ich habe sie gebeten zu bleiben, denn so etwas hätte sie noch nicht gesehen, erzählte ich ihr. Jana hat sich eine Zigarette angezündet und da kamen sie tatsächlich, der König, die große rotbraune und Zandro der Bruder von Tomash. Jana kannte sie, denn sie haben jeden Tag was zu essen von den Schwestern bekommen, hinten am Personaleingang, heimlich, hat sie dann erzählt. Wir begrüßten uns und der kleine Kartäuser sprang ohne zu überlegen auf meinen Schoß. Jana gab dem alten Mann meine heimlich abgezweigten Brötchen, worauf er sich mit einem Merci bedankte. Nach einer Stunde, es wurde auch zu Mittag gerufen, musste mich Schwester Jana wieder reinschieben. Am liebsten hätte ich ja den kleinen Kartäuser Kater mitgenommen, aber das ging nicht, leider.

Am Freitag habe ich alle noch mal in die Klinik bestellt, Alle waren gekommen, Judith und Babs, Alexander und Veronica, Janosch und Susza und auch Gabor war gekommen. Gabor brachte zu unserem Verwundern den König der Katzen von Siofok mit, dem er aber zuvor ein paar bessere Kleider besorgt hat und einen Waschgang im örtlichen Männerbad spendiert hat, damit er Kliniktauglich wurde. In der Kantine der Ärzte und Schwestern, gab es dann für alle Kaffee und Kuchen und natürlich hat Gabor für den König einen kleinen Schnaps mit hineingeschmuggelt. Er war nicht wieder zu erkennen, er war ein anderer Mensch, auch wenn er noch sichtlich seine Probleme mit der neuen Situation hatte. Am frühen Abend haben wir dann die kleine Feier beendet, weil ich ja noch meine paar Habseligkeiten zusammenpacken musste und ich aber auch wieder Kopfschmerzen bekam. Wir sollten, so hoffte ich jedenfalls uns alle Mitte August wiedersehen.

Am Samstagmorgen, ich war noch gar nicht richtig wach, da standen auch schon Billy und Gabi vor dem Krankenhaus und winkten, als sie mich sahen, weil ich gerade meine Streckübungen auf dem Balkon machen wollte. Mein Gott dachte ich, die müssen ja mitten in der Nacht losgefahren sein. Ich habe alle Unterlagen, die ich meinen weiterbehandelnden Ärzten in Rostock mitnehmen sollte, schon am Freitagabend bekommen, so dass wir gleich loskonnten. Ich habe mir im Vorfeld keine Gedanken gemacht wie weit das ist, aber wir sollten es zu spüren bekommen.

Gegen 08:00 Uhr sind wir in Siofok losgefahren. Wieder die altbekannte Strecke Siofok – Bratislava – Brünn – Prag – Dresden – Leipzig – Berlin – Rostock. Und wieder waren es 1110 Kilometer. Aber dieses Mal standen wir mehrmals im Stau und haben insgesamt 16 Stunden gebraucht, satt der 12 Stunden, die wir sonst immer brauchten. Am Anfang waren wir noch gut drauf, aber je länger wir unterwegs waren, umso mehr kippte die Stimmung. Die Getränke gingen aus, das Essen wurde knapp, als wir um 24:00 Uhr in Rostock ankamen, tropfte uns der Zahn, wir hatten 10 Kilometer vor Rostock noch einen Kaugummi, den haben wir uns sogar noch zu dritt geteilt. Susi hat uns dann mit einem Imbiss und reichlich Getränken erwartet. Weil wir aber noch so aufgedreht waren, haben wir noch ein Bier getrunken und die beiden sind dann über Nacht bei uns geblieben. Tomash und Max freuten sich auch, dass ich wieder da war, die beiden haben fast das streiten bekommen, als es darum ging, wer zuerst auf meinem Bauch liegen darf. Da fiel mir ein, ich hatte doch das miauen von Tomashs angeblichen Bruder Zandro aufgenommen, welches ich ihm jetzt vorspielen wollte. Ich holte mein Smartphone und spielte es ihm vor. In dem Moment wo er die Stimme von dem anderen Kartäuser hörte, fing Tomash ganz komisch an zu jammern, völlig Katzen untypisch. Das klang, wie ich fand, sehr weinerlich und als das kurze Mitgeschnittene Band zu Ende war, schaute mich Tomash an und Miaute in meine Richtung, als wenn ich es noch einmal anmachen sollte. Was ich dann auch tat und wieder fing das heulende herzzerreißende Jammern an. Seltsam dachte ich, ist da vielleicht doch was dran, dass der Kartäuser Kater in Siofok der Bruder von Tomash ist. Max hingegen hat die ganze Aktion überhaupt nicht interessiert. Er lag zusammengekringelt in seinem Körbchen und hat fest geschlafen. Wir taten ihm das gleich, allerdings ohne uns zu kringeln.

Am nächsten Morgen habe ich dann die Bauunterlagen präsentiert, worauf Billy zu Gabi sagte: *„Mausi, wollen wir nicht auch auswandern?* Wobei das nur so daher gesagt war, denn wir wussten ja, die beiden sind Schweden und Norwegenfans, wollten aber eine Bestätigung hören, dass wir auch ein Zimmer für Gäste eingeplant haben, da sie vor hatten uns in Ungarn zu besuchen.

Kapitel 5

Die folgenden Monate, bis zum Sommer hinein, hatten wir damit zu tun, den Umzug vorzubereiten. Tomash und Max ahnten nicht was auf sie zukommt. Tomash kannte wenigstens schon mal die ewig lange Autofahrt, aber unser Max, der kannte bis jetzt nur die Wohnung. Er war noch nie draußen, um im frisch gemähten und gut riechenden Gras zu toben, oder im Winter in einen Schneeberg zu springen, um ganz und gar darin zu verschwinden. Susi ist auch noch einmal mit den beiden Rackern beim Tierarzt gewesen, um nachzusehen, ob die beiden alle Impfungen hatten, oder nicht. Wobei uns schon klar war, dass Tomash keine Impfungen bekommen hat, bis auf die Vitaminreiche Aufbauspritze, nach seiner Verletzung, die ihm Judith gegeben hat. Max hingegen, hat sogar einen richtigen Impfausweis. Soweit ich weiß hat er auch Impfungen gegen Katzenseche, Katzenschnupfen, Leuose und Tollwut bekommen. Also bei ihm ging es nur um eine eventuelle Wiederholungsimpfung, dagegen der kleine Tomash wohl um das gesamte Programm, nicht drumherum kommen wird.

Ich habe als erstes 100 Umzug Kartons besorgt. Man könnte auch sagen, ich habe ein Spielzeug-Paradies für neugierige Katzen geschaffen, denn sie wollten aus den Kartons nicht mehr heraus.

Da ich bis Mitte Juli 2010 noch arbeiten musste und ich mein Gebiet ordentlich übergeben wollte, blieb die meiste Arbeit an Inge hängen. Da sie aber bei Zeiten damit angefangen hat, zur Freude von Mikesch und Max, verfiel sie nicht in Hektik. Trotzdem gebot ihr heftigster dank, für die allein bewältigte Arbeit. Es war ja auch nicht nur der mengenaufwand, der verpackt werden sollte, die Kartons waren ja zusätzlich auch noch schwer. Manchmal haben sich Susi, Meike und Gabi zum Kaffee getroffen, auch um Susi mal ein bisschen abzulenken. Bei dieser Gelegenheit, kamen Billy und Andi mit und haben die Kartons übereinandergestapelt. Susi sagte immer, ich solle mir keine Sorgen machen, sie schafft das schon bis zum 15. August. Am 14. August musste im Prinzip alles fertig sein. Alles andere würde die internationale

Spedition aus Siofok machen. So war es mit dem Vertreter abgesprochen, der extra nach Rostock gekommen war, um alles noch einmal zu besprechen.

In der letzten Juniwoche hatten wir noch mal gewaltigen Ärger mit Frau Gerschwinkel, die sich bis heute nicht beruhigt hat, glaube ich. Na ja, jedenfalls war Tomash verschwunden, er war nicht auffindbar, seine altbekannten Verstecke, die kannten wir ja alle schon. Unterm Bett, in einem Karton, sogar im Keller hinter unserem Gerümpel hatte er sich schon mal versteckt. Aber auch hier war er dieses Mal nicht. Ich konnte ja auch Max nicht fragen, der so glaube ich, ganz froh war, mal allein zu sein. Susi und ich haben dann draußen gesucht. Auch hier war erst nichts zu finden. Ungefähre 100 Meter von unserem Haus entfernt, begann die Kleingartensparte „Grüne Lunge", wo auch Frau Gerschwinkel einen kleinen Garten besaß, den sie nicht sehr mochte. Aber ihr Mann der sie verlassen hatte, vererbte ihr den Garten. Zu diesem nicht sehr gepflegten Garten hatte ihr damaliger Mann auch einen Teich angelegt, in dem in die Jahre gekommene Goldfische lebten.

Schon von weitem hörten wir die alte Gerschwinkel und auch die Grabunke schreien. Als Tomash aus der Richtung des dummen Geschreies an gesprintet kam, weil die beiden mit allem nach ihm warfen, was sie finden konnten, war mir sofort klar, was angestellt hat. Tomash hat in alter Jagdtradition einen Goldfisch nach dem anderen aus dem Teich gefischt und sie ordnungsgemäß nebeneinander auf dem Gras abgelegt. Da ich auch etwas an die Stirn abbekommen hatte, blieb es dieses Mal ohne Konsequenzen für uns. Ich machte den beiden klar, wenn sie zum Ordnungsamt gehen, bekommen sie eine Anzeige wegen Körperverletzung. drehte mich um und ging zu Susi, die am Tor der Gartensparte auf mich wartete. Innerlich musste ich mir ja das Lachen verkneifen und Tomash stolzierte vor uns her, als hätte er eine Schlacht gewonnen.

Anfang August gaben wir noch eine Auf Wiedersehens- und Abschieds Party. Die Kisten waren alle schon gepackt, die Möbel leergeräumt, Teppiche zusammengerollt, nur das Hohe komfortable Bock-Spring-Bett, das war noch in Benutzung. Wir haben den Vermieter eingeladen und auch Frau Grabunke und die alte Gerschwinkel haben eine Einladung bekommen. Sonst war Meike, Andi, Billy, Gabi und wir beide anwesend. Da alle Kochtöpfe und Pfannen eingepackt waren, haben wir beim Pizzadienst was zu essen bestellt. Die beiden zänkischen Alten, schauten in den Pizzaflyer rein und wussten nicht was sie bestellen sollten. Frau Grabunke sagte das sie und ihre Freundin das nehmen was Susi für sich bestellt hat. Susi grinste schon, da war die Pizza noch gar nicht geliefert. Nach 20 Minuten klingelte es und alle freuten sich auf ihre Pizza. Es war aber nicht der Pizzadienst, es war Claudia mit ihren kleinen Theo. Susi hatte mal so was erwähnt, dass sie eingeladen wurden, aber irgendwie war mir das nicht mehr präsent auf dem Schirm. Und dass ihr kleiner Kartäuserkater Theo mit dabei war, freute uns umso mehr. Tomash hatte Theo ja sowieso ins Herz geschlossen und dem kleinen Max, dem war es egal. Die Hauptsache war, Max hatte seine Ruhe.

Weil wir ja immer auch an unsere kleinen Felltiger denken, haben wir eine Schale Thunfisch beim Pizzadienst mitbestellt. Der kam nach fast 40 Minuten und verteilte die Pizzen. Drei Diablo Pizzen blieben übrig. Das Stimme so, sagte Susi und verteilte je eine an Frau Grabunke, an Frau Gerschwinkel und nahm für sich selber die letzte. Nach ungefähr 10 Minuten, sahen die beiden Alten aus wie ein Streichholz, beide hatten einen hochroten Kopf. Die Gerschwinkel fragte nur, ob wir immer so scharf essen, was Susi bestätigte und auch erst einmal was zu trinken brauchte. Die Party war nun richtig im Gang und hätte noch so weitergehen können. Aber die Zeit lief wie immer davon und so gegen 01:00 wollten wir eigentlich Schluss machen, bis wir Männer noch einen Bourbon als Absacker nehmen wollten. Dabei blieb es natürlich nicht, was am nächsten Morgen zu merken war. Ich kam wieder mal den ganzen Sonntag nicht aus dem Bett heraus. Susi pflegte mich und die Kater taten auch ihr Bestes. Claudia hingegen hatte auch Pech, denn sie ist morgens wach geworden, weil ihr Kater Theo zu ihr auf die Luftmatratze zum kuscheln kam und mit seinen kleinen Krallen ein Loch in die Matratze pikste und sie dann auf dem harten Boden lag. Den Rest der Nacht hat sie auf unserer Couch verbracht. Hätte sie besser gleichgemacht.

Zwei Tage später musste ich noch meinen großen Außendienst Combi in Fulda, bei meinem Arbeitgeber abgeben und eine etwas kleinere Limousine abholen. Das ging so weit alles in Ordnung, ich musste nur nach dem 1. September dieses Fahrzeug dann in Siofok am Balaton ummelden, denn die Niederlassung wurde dann doch eine eigenständig agierende Firma, die zwar miteinander verbunden sind, aber letztendlich eigenverantwortlich agieren soll.

Die letzten Tage in Deutschland, waren kaum zu beschreiben. Auf einer Art war es ein einschneidender Abschied, andersherum, war es aber nun auch nicht so weit weg, dass man Angst haben müsste, nie wieder in seine alte Heimat zurück zu kehren. Stellt sich auch die Frage, was ist Heimat überhaupt? Ich glaube, viele Menschen verbinden Heimat mit dem Ort, an dem sie geboren wurden. Eine bekannte Sängerin sagte mal, für sie wäre Heimat der Ort, wo der Postbote über die Straße ruft: Hallo Herr Naumann. Na ja, wenn das so wäre, dann war Rostock nie unsere Heimat, weil hier der Postbote alle drei Tage gewechselt hat und sich nie in einem festen Gebiet auf die Menschen einstellen konnte. Kundenkontakt war nicht erwünscht.

Susi und ich haben, obwohl wir wussten, es geht nicht mehr Rückgängig zu machen, gerade an den letzten Tagen in Deutschland drüber nachgedacht, ob wir das Richtige gemacht haben. Und jedes Mal sind wir zu dem Ergebnis gekommen, dass es ein guter Schnellschuss war.

Am 15. August, war es dann soweit. Es war der Tag an dem wir die Zeituhr des Lebens noch einmal auf null gedreht haben. Uns kam es jedenfalls so vor.

09:00 Uhr sollte der LKW da sein. Was wir nicht wussten, die Jungs sind mitten in der Nacht gekommen und haben vor dem Haus, im Lkw geschlafen. Ich bin dann schnell runter, habe sie zum Frühstück hochholen wollen, was sie aber ablehnten, wenn dann einen Kaffee hinterher, sprach der Chef der Umzugstruppe, in gebrochenem Deutsch. Erst später habe ich mitbekommen, dass es gar keine Ungarn waren, was man ja annehmen könnte, wenn das Unternehmen aus Siofok kommt und der Umzug auch nach Siofok an den Balaton geht. Es waren Russen, drei man insgesamt und der Chef der Truppe war sogar Bulgarischer Staatsbürger. War uns auch relativ egal, wichtig war das der Container ordnungsgemäß gepackt wird, und zwar so, wie es mit dem Außendienstler vorher abgesprochen wurde. Zuerst sollten die sperrigen Möbel eingepackt werden und dann zum Schluss die Kartons, damit wir immer mal an diese herankonnten, weil der Container ja noch bis Dezember in einer Halle zwischengeparkt werden sollte. Der Chef der Truppe fragte, was mit den beiden Plüsch Figuren im Fenster passieren soll. Ich wusste gar nicht was er meinte, bin schnell hoch und sah Max und Tomash im Fenster sitzen, ohne dass sie sich bewegten. Es sah tatsächlich so aus wie zwei Tiere vom VEB Plüschtierfabrik Obereschenbach. Ich sagte das er die beiden mitnehmen kann, wenn er fertig ist. Dann geschah wieder das Unfassbare. Ich hatte es noch gar nicht ausgesprochen, als Mikesch laut miaute und auch einmal fauchte und beide dann in ihr Tragekörbchen geklettert sind und warteten. Der Chef sagte dann, die verstehen sie wohl? Ich sagte um ein weiters Gespräch aus dem Weg zu gehen: Ja ja, machte mir aber wieder sofort Gedanken, weil es ja wieder so ein Zeichen für übersinnliches Verhalten war.

ich ging dann wieder runter auf den Hof, wo sich die Frau Gerschwinkel eingefunden hat, die zusammen mit Frau Grabunke seit der Abschieds Party, ein gezähmtes Verhalten an den Tag gelegt hatten. Jetzt wollten sie aber wissen, warum wir einen solchen Container nutzen. Ich habe ihnen dann ganz genau versucht zu erklären: Container gibt es in verschiedenen genormten Größen. Diese sind dafür optimiert, um gestapelt, sicher verankert und mit dem LKW transportiert werden zu können. Möchte man einen Container mieten, muss man sich für eine Größe entscheiden. Bei vielen Speditionen, die Große Umzüge organisieren, gibt es Frachtlisten, anhand derer die benötigte Containergröße ermittelt werden kann. Weiter erzählte ich, dass wir den Container zwischenlagern und erst im Dezember in unser Haus ziehen können. Sie wünschten uns dann noch einmal viel Glück, Gesundheit und Erfolg.

Die Truppe war so fix, dass gegen 14:00 Uhr alles eingepackt war, danach die Entrümpelungsfirma alles ausräumte, was wir nicht mitnehmen wollten. Als das auch erledigt war, hat die Entrümpelungsfirma noch ausgefegt und der Schlüssel konnte an den Vermieter, der mittlerweile auch eingetroffen war, übergeben werden. Ich wollte jetzt so schnell wie möglich weg, denn erstens hatten wir noch einen Wohnwagen gekauft, in dem wir zusätzlich noch Sachen hatten, die wir bis Dezember noch benötigten und mit dem waren wir logischerweise nicht so schnell. Wir mussten aber bis 22:00 in der Pension sein, in der wir in der Nähe von Prag übernachten wollten. Als wir losgefahren waren, rief man uns plötzlich hinterher, das wir anhalten sollen, unsere beiden Kater stehen noch in der Küche. Na das wäre was geworden, wenn wir die vergessen hätten. Sowas passiert aber auch nur wenn man in Hektik verfällt. Deshalb ist Susi gefahren, damit ich erst einmal wieder runter komme soll. Ich spürte, dass ich auf Grund meines

Übergewichts, nicht mehr so fit war, und bei Stress schnell in Hektik verfallen bin, dadurch auch hohen Blutdruck bekam.

Als wir unterwegs waren, die Katzen Körbe mit Max und Tomash hatten wir im Wohnwagen gut befestigt, befiel uns irgendwie ein ungutes Gefühl, was Max und Tomash anging. Auf dem Berliner Ring, der A10 auf dem Parkplatz der Tankstelle mit dem Tiger im Tank, wie passend, haben wir kurz Pause gemacht und die beiden Racker auf den Rücksitz, mit Blickrichtung zu uns nach vorn, geholt. Unsere Route war wieder Rostock – Leipzig – Dresden – Prag – Brünn – Bratislava – Zamardi Balaton.

21:30 Uhr sind wir in der Pension Berta angekommen. Berta, wie originell, dachten wir, vor allem deshalb, weil wir fragten und herausbekommen haben, dass keiner von den Besitzern den Namen Berta trägt, aber egal, die Pension Berta war Preislich gesehen normaler Hauptstadt-Standard. Die Zimmer waren mit Kühlschrank, Wasserkocher, W-Lan und mit einem Flach TV ausgestattet. Unseren Pkw hätten wir unterstellen können, aber wir hatten ja unseren Wohnwagen hinten dran. Tomash und Max durften wir mit auf das Zimmer nehmen, sollten aber dafür sorgen, dass sie nicht verbotener Weise irgendwohin pieseln. Ich habe die Sandschale aus dem Wohnwagen geholt und die beiden sind ganz anständig auf die Katzen Toilette gegangen. Wir haben dann Max und Mikesch im Zimmer gelassen und haben uns noch ein schönes tschechisches Bier vom Fass gegönnt. Mit uns saßen noch drei Jugendliche in der kleinen Gaststätte, die zur Pension gehörte. Die sahen alles andere als Vertrauen erweckend aus. Es waren Rumänen, denn vor der Tür stand eine Schrottkarre mit rumänischem Kennzeichen. Zwei davon standen auf und gingen in Richtung Pension. Ich dachte noch, „Gottseidank, gehen die jetzt, der eine alleine kann ja nicht so viel Krach machen." Denkst du aber nur, denn der übriggebliebene stand auf, kam zu uns an den Tisch und versuchte mit talentfreier Mimik und Gestik uns in ein Gespräch zu verwickeln und schaute dabei immer wieder zur Tür. Ich gab Susi ein Zeichen, habe dem einen Rumänen einen kräftigen Schups gegeben. Irgendwie grummelte es im Bauch, der mir damit sagen wollte: geh auf dein Zimmer, Max und Tomash brauchen Hilfe. Ich ging dann auch auf unser Zimmer, aus dem schon von weitem hörbar, gerade sehr seltene Töne kamen. Die beiden Rumänen kamen just in dem Moment, blutüberströmt aus unserem Zimmer gerannt und sind dann in ihr Auto gestiegen und wollten flüchten. Irgendwie taten die drei mir auch leid, denn alles schien sich gegen sie verschworen zu haben, denn das Auto sprang nicht an und weil die Pensionschefin gleich die Polizei angerufen hat, waren die auch schon da und haben sie, nach dem die zwei, die in unser Zimmer eingebrochen sind, verarztet waren, gleich verhaftet. Jetzt konnte man auch sehen, dass die beiden, dem Rumänen in das Gesicht gesprungen sind und dem anderen, am Arm, ein paar ordentliche Striemen verpasst hat. Richtig stolz waren Susi und Ich auf unseren Max und unseren Tomash.

Wir sind, nachdem die Polizei weg war, auch gleich auf das Zimmer, haben die Unordnung und auch die Blutflecke schnell beseitigt und sind dann schnell eingeschlafen, natürlich mit den beiden Helden zusammen im Bett.

Am nächsten Morgen haben wir schnell gefrühstückt, noch ein kleines Schwätzchen mit der Pensionswirtin abgehalten und dann haben wir uns auf die Weiterreise vorbereitet. Wir mussten noch das Auto betanken, ein Wasser ohne Kohlensäure für Tomash und Max und eine Cola für Susi besorgen. Das fanden wir alles an der Tankstelle, die genau an der Autobahnauffahrt zu finden war. Dort trafen wir auch noch mal zwei Polizisten, die wir in der letzten Nacht, durch den Einbruch in unser Pensionszimmer, kennen gelernt haben. Eine von den Polizisten konnte gut Deutsch und erzählte, das war eine von den Banden, die regelmäßig nach Deutschland reisen um dort Wohnungseinbrüche zu verüben. Man konnte durch die Zusammenarbeit mit der deutschen Polizei noch in der letzten Nacht nachweisen, dass es eine Bande war, die schon länger aktiv ist und dank der verglichenen Fingerabdrücke, überführt werden können, erzählte die Polizistin. Weiter sagte sie, der eine Täter muss aber ein bisschen geistig gestört sein, denn er hat steif und fest bei der Vernehmung behauptet, die Katzen hätten sich unterhalten. Die Polizistin hat das nicht weiterverfolgt, aber ich konnte nur äußerlich mitlachen, denn innerlich wurde ich durch diese Geschichte wieder bestärkt, dass Tomash übersinnliche Dinge kann, die mich unruhig machten und mich wieder zum Nachdenken brachte.

Während der Weiterfahrt, die ohne nennenswerte Probleme ablief, erzählte Susi mir, dass die Kriminalität in Ungarn nicht viel größer ist, als die in anderen Europäischen Staaten. Nur das es mit der Qualität der Polizei nicht zum Besten steht und dadurch die Aufklärungsraten sehr gering sind. Probleme gebe es auch mit der zunehmenden Korruption und mit den Angriffen auf die Roma-Minderheit, ausgelöst von rechtsradikalen Gruppierungen.

Kapitel 6

Gegen 14:00 Uhr sind wir in Zamardi angekommen. Der LKW mit dem Container war auch schon da, denn kurz vor unserer Ankunft hatte das der Chef der

Umzugskolonne telefonisch durchgegeben. Janosch und Susza haben uns mit einem großen Blumenstrauß und mit einem Korb voller leckerer Sachen überrascht. Sie hatten sogar eine kleine Terrasse angelegt, damit wir im restlichen Sommer noch draußen sitzen konnten.

Ich bin dann aber schnell noch zu der Spedition gefahren, beziehungsweise an die Tankstelle, wo die Firma ihr Büro hatte. Ich habe dann geschaut wo sie den Container abgestellt haben, womit ich zufrieden war. Es stand nichts mehr im Wege, zusammen die Abrechnung zumachen. Ich habe bezahlt, ein ordentliches Trinkgeld gegeben und verlangte eine Quittung, oder Rechnung. Jetzt kam es zum Streit, denn sie behaupteten, dass ich zugestimmt hätte, alles ohne Mehrwertsteuer, die man auch in Ungarn bezahlen muss, abwickeln wollte. Ich musste dann die die Mehrwertsteuer noch bezahlen, denn ich brauchte die Quittung für die Steuer und für meinen Arbeitgeber, der sich an diesem Umzug beteiligen wollte. So ist es, wenn man nicht aufpasst und ein Geschäft per Handschlag besiegelt. Nun war mir auch klar, warum die Spedition so günstig war.

Ich wollte erst gar nicht bezahlen, aber die hatten mein Container eingeschlossen und drohten damit, ihn nicht rausgeben zu wollen. Ich bin also in eine Falle getappt und hatte keine andere Wahl, als die Mehrwertsteuer nachzuzahlen. Seit 2009 führt Ungarn zusammen mit Dänemark und Schweden die traurige Spitze mit dem Umsatzsteuersatz von 25% an. Das bedeutet für uns jetzt ein Viertel der Summe noch einmal oben drauf zu zahlen und dass nur weil meine Chefs eine Rechnung wollen, sonst hätte ich bestimmt, das günstigere Angebot angenommen.

Als ich dann wieder zu uns gefahren bin, habe ich überlegt ob ich es Susi überhaupt erzähle. Ich habe es am späten Abend erzählt und sie war sauer. Nicht etwa, weil ich einen Fehler gemacht habe, nein sie war sauer auf sich, weil wie sie sagte, den Vertrag nicht noch einmal selber gelesen hat. Ich sagte ihr dann, dass es auch nichts genützt hätte, weil er auf Ungarisch geschrieben war. Als ich wieder kam hatten Janosch und Susza ein kleines Abendbrot vorbereitet. Das gegrillte, war aber noch nicht fertig. Weil sie noch nicht soweit waren haben Janosch und ich die beiden Frauen allein gelassen und sind erst einmal zur Baustelle gegangen, die ja nur 50 Meter entfernt war. Ich glaubte nicht was ich das sah, denn der Rohbau war fast fertig. Und es sah gut aus. Janosch hat erzählt, er war mindestens einmal am Tag schauen. Ich war stolz auf Babsi und ihre Leute, die ich ja gar nicht kannte. Aber das sollte sich ändern.

Janosch und ich sind dann zurück, gerade rechtzeitig, denn Susi und Susza hatten den Tisch gedeckt und der gegrillte Zander war auch gut. Es war lecker. Janosch erzählte, dass er den Fisch an diesem Morgen erst gefangen hat. In dem Moment habe ich beschlossen, so bald Zeit ist, gehe ich auch Angeln. Babsi und Janosch müssen mir das beibringen, dachte ich. Wo sind eigentlich die beiden Kater? Fragte ich Susi. Max war erst mit Tomash im Garten und jetzt liegt er drinnen in seinem Korb und ist müde. Ja und Tomash ist stromern gegangen, er erkundet wohl seine alte Heimat, sagte Susi. Es war ein schöner entspannter Abend, das Essen war lecker und der Wein hat auch geschmeckt. In unserer alten Ferienwohnung wohnte ein älteres Ehepaar aus Leipzig, die kamen genau rechtzeitig vom Essen, das Susi sich wegen der Geschichte mit der Spedition zusammenreißen musste, und dann so tat als ginge es ihr gut. Denn die Beiden hatte Janosch zu uns an den Tisch geholt. Sie waren schon eine ganze Woche hier und hießen Dieter und Marina. Wir waren gerade so schön beim Smalltalk als Marina so nebenbei erwähnte, dass vorn an der Ecke, sich eine Katze mit einem Terrier gefetzt hat und die Katze hätte dabei nicht gut ausgesehen. Das war doch da, wo Klaus wohnte, der uns das Grundstück schmackhaft machte, dachte ich und bin sofort losgerannt, weil ich irgendwie ahnte es war Tomash. Als ich an die Ecke kam, habe ich ihn liegen sehen, er hat sich nicht mehr bewegt, Blutig sah er aus und ich war am Boden zerstört. Ich nahm ihn hoch, wollte gerade Tomash zu uns tragen, als Klaus mit seinem Terrier erschien und sagte: „Du musst schon entschuldigen, mein Hund konnte doch nicht wissen, dass du wieder da bist und es dein Kater war." Ich kochte innerlich und habe nur gesagt: „Du bist so ein Arschloch, wir sprechen uns noch" und brachte Tomash zu uns. Ich legte ihn auf eine Decke und habe sofort Judith angerufen, die auch so schnell wie möglich kam. Ich sagte noch zu ihr, sie müsse alles mitbringen, was man für eine Operation braucht. Als dann Judith kam und Tomash sah, musste sie erst einmal Luft holen. Wir haben ihn dann in die kleine Ferienwohnung getragen, wo er erst einmal von Judith genau untersucht wurde. Dabei gab er merkwürdige jammernde Töne von sich, worauf man schließen konnte, dass er Schmerzen hat. Sie sagte, er hätte erst einmal Glück gehabt, weil er nicht viel Blut verloren hätte, aber die vielen Bisswunden, insgesamt sechs tiefe Bisswunden und zwei kleine, die dürfen sich nicht entzünden. Die großen Bisswunden hat sie genäht und die kleinen müssen so zusammenwachsen sagte sie. Judith fragte dann wie groß der Hund war. Ich sagte dann, der Rotzköter war nicht größer als Mikesch, worauf Judith sagte, dass wir Glück gehabt hätten, wäre der Hund größer und die Wunden tiefer gewesen, hätte ich hier nichts mehr machen können. So mussten wir hoffen, dass er kein Fieber bekommt und alles langsam verheilen kann. Wir legten ihn in sein Körbchen, Judith hat ihm noch eine schmerzstillende Injektion gegeben, worauf er dann eingeschlafen ist. Mir gab sie auch noch ein beruhigendes Mittel, denn du brauchst auch deinen Schlaf und sagte noch, wenn Barbara morgen zu dir kommt, komme ich mit und schaue nach ihm und stieg in ihren Volvo und fuhr nach Hause.

Wir haben uns dann verabschiedet und sind in unsere Ferienwohnung und haben das erste Mal in unserem Bett geschlafen, welches für drei Monate unser zu Hause sein sollte. Ich bin natürlich trotz Beruhigungsmittel drei Mal wach geworden und habe nach Tomash gesehen, aber da war noch einer, dem das wohl auch sehr nah ging. Es war unser Max, der ihn fast pausenlos ansah und es schien als würde er auch traurig sein. Wir haben dann sein Körbchen ganz dicht an das von Tomash geschoben und er legte sich so, dass er ihn mit einer Pfote sogar berühren konnte.

Am nächsten Morgen, wir waren schon ganz zeitig wach, ging es Tomash noch nicht besser, er bewegte sich kaum und eine der genähten Wunden blutete auch wieder. Es war gerade mal 07:00 Uhr da rollte auch schon das erste Auto mit den Handwerkern vorbei. Kurz danach hupte der Land Rover von Babsi und setzte Judith bei uns ab. Sie schaute sich gleich den kleinen Tomash an und sagte nur das wir Geduld haben müssen. Sie machte noch eine Salbe auf die nässende Wunde und seufzte. Ihr in Deutschland habt ja so ein Gesetz das Hunde nicht freilaufen dürfen und wenn dann nur mit Beißkorb, sagte Judith. Ich bestätigte was sie sagt, aber sagte ihr auch, dass dies für große Hunde gilt, beziehungsweise für Kampfhunde, aber doch nicht für solche gepinschte Kanalratten, wie die von dem Klaus.

Weil sie für Tomash jetzt eh nicht viel machen konnten, sind Babsi und meine Susi erst einmal einkaufen gefahren, neben bei haben sie kurz an der Kirche angehalten und haben für Tomash ein Lichtlein angebrannt und sich was gewünscht. Ich bin in der Zeit auf der Baustelle gewesen und habe mich erst einmal vorgestellt. Habe die Jungs auch gelobt, wie weit sie schon waren und wie ordentlich alles aussah. Weil heute Sonntag war, der erste in unserem neuen Leben, hier in Ungarn, habe ich die ganze Truppe zum Pizzaessen in das Csardas-Restaurant von Gabor eingeladen. Und habe mich erst einmal hinten in unserem Garten die schönen Ecken angesehen, wo ich auch schon wieder Pläne hatte. Die mussten aber noch reifen. Es war kein Gemüsegarten, es standen Obstbäume drin, viele Büsche und ganz viel zu mähendes Gras und Unkraut konnte ich entdecken. Die Jungs haben noch bis Mittag gewerkelt und ich habe mir von Janosch seine große Sense ausgeliehen um dem Unkraut und dem hohen Gras herzwerden. Ich hatte wegen dem Klaus immer noch Wut im Bauch, was auch Janosch und Babsi merkten, die sich heimlich angeschlichen hatten. Janosch sagte dann zu mir: *„So geht das nicht mein Freund, nicht mit Wut, gleichmäßig mit Ruhe und ganz weit ausholen. Wie du das machst, geht das nicht.“* Er nahm die Sense und zeigte es mir und hat erst wieder aufgehört als er fertig war und sagte dann zu mir: *„Jetzt nehme ich es aber auch mit,* *ich brauche für meine Kaninchen frisches Heu.*" Ich hatte nichts dagegen und habe ihn auch zum Pizzaessen eingeladen. Gegen 13:00 sind wir dann alle, denn Susi und Babsi waren auch wieder da, zu Gabor in seine Csardas gefahren und haben uns über die Pizzas hergemacht.

Ich habe mich dann mit Gabor noch einmal über die Musikscheune unterhalten. Er hatte noch Lust drauf, dem zu Folge haben wir dann für nächsten Freitag ein Treffen organisiert um auszuloten wie und wann wir richtig loslegen wollen. Wir freuten uns auch, dass wir uns wiedergesehen haben und es schien so, als wäre der böse Streit nun endgültig aus der Welt.

Am Abend haben uns dann Babsi und Judith besucht. Es war eigentlich so geplant, dass wir sie besuchen, aber weil Judith noch mal nach Tomash sehen wollte, kamen sie zu uns. Susi hat viele Salate gemacht, ich konnte mir von Janosch, unserem Vermieter den Grill borgen um Fisch zu Grillen, denn Judith war ja Vegetarier, was ich fast vergessen hätte, aber Susi wusste es noch und hat mich erinnert.

Sie kamen natürlich wieder mit einem Geschenk. Für Susi eine große Palme, schon für unser Haus, die aber auch der Übergangs-Ferienwohnung gut zu Gesicht stand. Und mir brachten sie ein Angelbuch mit, wo alles was ich brauche beschrieben stand. Wir haben ein wenig Smalltalk vor dem Essen betrieben, da fiel mir noch was ein und ging auch in die Ferienwohnung wo sich gerade Judith mit dem kleinen Tomash beschäftigte. Sie sagte *„Es sieht nicht gut aus, aber ich gebe ihm noch einmal eine Vitamin und Aufbaukur und dann schauen wir Übermorgen noch mal. Ihr müsst Geduld haben"* Ich dachte das sagt sich so leicht und bat Judith mit nach draußen. Judith war ganz verstört und fragte *„Habe ich was verpasst"* Nein sagte ich und hab versucht eine kleine Rede zu halten, weil ich aber an Tomash denken musste, fing ich an zu weinen und machte es dann kurz und nicht schmerzlich: *„Judith, du kannst dich an meinen Unfall im Frühjahr erinnern, ich habe danach 5000 € Schmerzensgeld zugesprochen bekommen. 4.000€ davon möchte ich deinem Tierheim spenden."* Sie bedankte sich herzlich, alle gratulierten und dann lagen wir uns alle weinend in den Armen. Judith erzählte dann, es ist die größte Spende, die sie jäh bekommen hat. Sie erzählte auch, dass der Kontakt zu der kleinen Gemeinde Unterglücksbach im Schwabenland, dem kirchlichen Träger und mit der Klinik für schwer erziehbare Jugendliche richtig gut angelaufen ist, und das nächste Woche die dritte Gruppe anreist. Das freute mich, denn im Grunde genommen hat sie das dem kleinen Tomash zu verdanken, denn hätte es ihn nicht gegeben, wäre alles anders gekommen. Später als Dieter und Marina von einem Tagesausflug zurückkamen, gesellten sie sich noch zu uns. Marina sagte: *„Das ist vielleicht ein schönes Land, das hätte ich nie gedacht, wären wir bloß mal eher hierhergefahren, immer das doofe Mallorca, das konnten wir nach zehn Jahren nicht mehr sehen."* Uns ging es ja so ähnlich, dachte ich und schwärmte auch noch ein wenig mit.

Ich habe dann so getan, als ob ich eine Zigarette rauchen wollte und ging noch einmal um die Ecke zu unserem Bauplatz. Ich wusste eigentlich gar nicht was ich da wollte, hab mich da ganz alleine auf den Brunnenrand gesetzt und mir gingen plötzlich die ganzen erlebten und erzählten Geschichten vom kleinen Tomash durch den Kopf. Da fiel mir auch der König der Katzen von Siofok wieder ein. Der sollte ja auch die restlichen 1000€ bekommen. Und auch Zandro, der Bruder von Tomash fiel mir wieder ein. Ich dachte mir, wenn das wirklich der Bruder von Tomash ist, kann der ja vielleicht auch mit übersinnlichen Kräften, andere Menschen oder auch Katzen heilen. Ich hatte dann beschlossen, nur für mich allein, wenn es in zwei Tagen nicht besser aussieht, dann hole ich Zandro, den angeblichen Bruder von Tomash als letzte Rettung, denn so leicht wollte ich ihn nicht aufgeben. Er hat viel für uns getan und das kann er auch von uns erwarten, dachte ich. Susi hat mich dann geholt und hat gesagt: „Komm schnell, die Gäste wollen sich verabschieden" Dieter und Marina haben sich für das Gläschen Wein bedankt und Babsi sagte: „Lass den Kopf nicht hängen, wir drücken die Daumen" Judith sagte, „Ich komme übermorgen noch mal vorbei. Wenn keine Verbesserung eintritt, ja dann müssen wir eine Entscheidung treffen". Eine Entscheidung treffen, hieß nichts anderes als ihn Einschläfern zu lassen. Nee ohne mich.

Bevor ich ins Bett gegangen bin, habe ich dem kleinen Tomash etwas versprochen und habe es ihm auch in sein Ohr geflüstert.

Die Sonne war noch gar nicht ganz oben, da war ich schon mit meinem Auto unterwegs nach Siofok. Ich war auf der Suche nach dem alten Zausel, der sich so rührend um die streunenden Katzen gekümmert hat. Ich hatte auch die 1.000€ mit, die er sowieso bekommen sollte. Ich fuhr zuerst zu der großen Lagerhalle, die eigentlich der in Konkurs gegangenen Spedition gehörte. Ich habe mich durch das Absperrgitter gedrängelt und laut gerufen. Ich weiß nicht wo er herkam, aber er stand plötzlich hinter mir. Er sah gut aus, trug noch die gesponserten Klamotten von Gabor und es schien sogar, als würde sich regelmäßig jemand um ihn kümmern. Jakob, so hieß er in Wirklichkeit fragte was mich zu ihm führt. Ich sagte ihm: „Du musst mir helfen Jakob." Ich erzählte ihm die ganze Geschichte und auch wie es dem kleinen Tomash jetzt geht. Ich sagte weiter, dass ich den Bruder von Tomash gern mitnehmen würde und die Hoffnung habe, dass Zandro ihn genauso heilen kann, wie Tomash damals die alte Frau. Jakob sagte sofort zu und pfiff seine Katzen und Kater zusammen. Auch der kleine Kartäuser war dabei. Jakob flüsterte ihm etwas in eines seiner Ohren worauf sich jede andere Miez von dem kleinen Tomash verabschiedete. Das sah wieder drollig aus, denn einmal stupsten sie sich mit der Nase, manchmal kauten sie sich auch gegenseitig die Ohren ab. Hier erlebte ich gerade wieder etwas Übersinnliches, da war ich mir ganz sicher. Nach dem das Spektakel vorbei war kam Tomash der kleine Kartäuser zu mir und stupste mich an, als wolle er sagen, komm lass uns fahren. Vorher übergab ich Jacob aber noch die 1000€ und versprach ihm, wenn wir in unser Haus gezogen sind, bekommt er noch den gebrauchten Wohnwagen, den wir bis dahin aber noch bräuchten. Dann habe ich den kleinen Tomash ins Auto gesetzt und bin mit ihm nach Zamardi gefahren. Als wir ankamen, war meine Frau ein bisschen böse mit mir, weil ich mich nicht abgemeldet habe. Ich erklärte ihr alles, gab ihr einen dicken Kuss und holte Zandro den kleinen Kartäuser Bruder. Wir setzten ihn an der Tür ab und warteten ab was jetzt passiert.

Es passierte erst einmal nichts, eine ganze Stunde passierte nichts, nur das Zandro einmal ganz doll gejault hat und Tomashs eine Ohr Regung zeigte, was aber auch schon wieder eine halbe Stunde her war. Plötzlich jammerte er so komisch, was Max auch ab und zu machte, dann aber, wenn er sein Katzengras erbrechen musste. Hier aber geschah wieder fast nichts, nur das Tomash bei dem jammernden Ton auf einmal beide Ohren bewegte. Wir saßen irgendwann beide auf dem Fußboden und kamen uns vor wie bei einer okkulten spirituellen Sitzung. Es war fast ein wenig unheimlich. Plötzlich erhob sich Tomash und schlich ganz langsam zu Tomash und beschnupperte ihn, ganz so, als wolle er feststellen, ob er den Geruch kennt. Das hat wieder eine ganze Zeit gebraucht, aber wir sollen Geduld haben, wurde gesagt. Das war zwar anders gemeint, aber die beiden hatten alle Zeit der Welt. Dieser ganze Akt ging jetzt schon drei Stunden.

Zwischendurch kam Babsi rein, die gerade auf der Baustelle war, sah was vor sich ging und schlich auf Zehenspitzen wieder hinaus. Ich bin dann auch kurz hinaus und habe ihr erzählt, was wir vorhaben. Sie fand das gut und hat gleich Judith angerufen. Die fand das logischerweise nicht so prickelnd, was auch zu verstehen war, denn so ein Hokuspokus, wie sie es nannte, konnte sie nicht mit ihrer studierten Schulmedizin in Einklang bringen. Babsi hingegen fand es immer noch gut und wollte später noch einmal reinschauen. Ich ging auch wieder rein wo sich in der Zwischenzeit etwas getan hatte. Tomash hat erst die Wunden von Tomash geleckt und hat sich dann einfach mit in Tomashs Körbchen gelegt. Dann geschah erst einmal wieder nichts. Wir haben die beiden erst einmal alleingelassen und sind einkaufen gefahren, haben sogar einen kleinen Abstecher zu Gabor gemacht, der eine gute Neuigkeit hatte. Er konnte mir erzählen, dass ein Club im entfernten Fonyod geschlossen wurde und wir die Einrichtung für ganz wenig Geld abholen könnten. Es ginge um Stehtische, eine komplette Bar, eine kleine Bühne und um die Bühnentechnik sowie um die Beleuchtung. Es war alles gerade mal fünf Jahre alt, wusste Gabor zu berichten. Ich sagte dann zu Gabor, dass ich die Katze nicht im Sack kaufe, wenn ich die Hälfte davon bezahlen soll, dann will ich alles vorhersehen, sagte ich zu ihm. Ok, morgen Nachmittag habe ich Zeit sagte er und wir verabredeten, dass ich ihn am kommenden Donnerstag 14:00 Uhr abholen komme.

Wir kamen vom Einkauf zurück und Babsi, die noch auf der Baustelle war erwartete uns schon. Sie redete ein völlig überdrehtes Kauderwelsch. Ich habe nur den Namen Tomash verstanden. Susi und ich haben den Einkauf erst einmal Einkauf sein lassen und sind in die Ferienunterkunft und glaubten nicht was wir sahen. Tomash hatte sich ein wenig hochgerappelt und leckte jetzt selber seine Wunden. Schon am nächsten Morgen kletterte, zwar noch zitternd und unbeholfen, unser Tomash aus seinem Körbchen und schleppte sich auf sein Katzenklo. Judith schaute auch vorbei und sprach nur von einem Wunder. Ja es war ein Wunder, genauso ein Wunder wie es damals die Menschen mit Tomash erlebt hatten. Die gesamte Genesung dauerte aber dann doch noch vier Wochen. Solange war auch Tomash bei ihm, danach aber wieder verschwunden war. Viel später als wir den Wohnwagen überführt haben und ihn an Jakob übergeben konnten, da haben wir ihn noch einmal gesehen. Ende September 2010 lief alles in geordneten

Bahnen. Alles traf so ein wie es abgesprochen war, Inge und ich gingen unseren neuen Jobs nach, der Musikclub „Wondercat" wurde eröffnet, wo wir am Freitag und Samstag Live-Music präsentierten und wo auch Gabor und ich selber aufgetreten sind. Alex und seine Veronica konnte ich dazu gewinnen, am Wochenende die Bar zu übernehmen. Babsi und Judith blieben unsere Freunde und das Haus wurde fristgerecht von Babsi übergeben. Jakob wurde weiter von gabor unterstützt, dafür hat er eine leichte Tätigkeit in der Küche übernommen. Janosch und Susza erweiterten unseren Freundeskreis und nicht nur einmal wohnten Andi und Meike sowie Billy und Gabi, in ihren Ferienwohnungen.

Max und Mikesch lebten noch ganz viele Jahre bei uns. Tomash hat aber kaum noch das Grundstück verlassen, war aber nicht weniger zufrieden, denn er hatte ja Max und uns als Freunde.

Und wenn sie nicht gestorben sind, …